明明
就在那里
MingMing
Jiu Zai NaLi

时代出版传媒股份有限公司
安徽文艺出版社

　　张晓明，1973 年 12 月生于江苏省高邮市，江苏省 333 高层次人才培养工程培养对象，长期担任江苏省广播电视总台名牌栏目《零距离》（原《南京零距离》）总制片人。2016 年被选拔为江苏省第八批援藏干部赴西藏拉萨市工作，在藏期间在认真完成本职工作的同时，积极开展学术研究和文艺创作。担任电子科技大学"泛喜玛拉雅传播研究中心"研究员，主持国家广电总局 2017 年部级社科项目《媒体融合视阈下民族地区电视媒体舆论引导力建设研究——以拉萨电视台为例》（编号：GD1718）等多个课题，并以西藏工作生活为素材，创作随笔近百篇，发表于新华网、荔枝网等平台。

张晓明◎著

明明就在那里

Ming Ming Jiu Zai Na Li

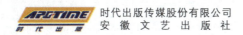

时代出版传媒股份有限公司
安徽文艺出版社

图书在版编目（ＣＩＰ）数据

明明就在那里/张晓明著.—合肥：安徽文艺出版社,2020.5
（2022.7 重印）
ISBN 978-7-5396-6919-9

Ⅰ．①明… Ⅱ．①张… Ⅲ．①散文集－中国－当代
Ⅳ．①I267

中国版本图书馆 CIP 数据核字(2020)第 037066 号

出 版 人：姚　巍
责任编辑：张妍妍　　宋晓津　　　　装帧设计：徐　睿
....
出版发行：安徽文艺出版社　　www.awpub.com
地　　址：合肥市翡翠路 1118 号　邮政编码：230071
营 销 部：(0551)63533889
印　　制：山东百润本色印刷有限公司　(0635)3962683
....
开本：710×1010　1/16　印张：12.5　字数：200 千字
版次：2020 年 5 月第 1 版
印次：2022 年 7 月第 2 次印刷
定价：49.80 元
....

过米拉山口

天路逶迤旷莽中，

一山退去一山隆。

凄凄旧草依残雪，

猎猎经幡舞碧空。

冰暗初惊斜日冷，

人稀更显战旗红。

从来报国家难顾，

立马高原唱大风。

——共月（江苏省第八批援藏干部）

序一

非去不可

对我而言,大凡有个地方一去再去,多半是因为那里有熟悉的人或者要做的事。西藏是国内少有的几个,让我一去再去的地方。论起渊源,其中之一便是因为老同事晓明的三年援藏经历,让我也与高原上的那些人与事,那片山和水有了接触和亲近的机会。

我和晓明 2002 年起在一档当时国内颇有影响的新闻栏目《南京零距离》共事,他是记者,采制了《南京二桥,你挺得住吗?》《医疗垃圾去了哪里?》等不少很有影响的调查类报道。因为业务出色,他很快就担任制片人了,我们不时在一起策划选题,商量对一些报道的点评及后续采编,但他说话很少,似乎更喜欢默默地琢磨事情,执行一个个策划,将之落实。晓明小我两岁,属牛,我印象中属牛的人有相当一部分似乎都是这种性格。

2016年台里选拔第八批援藏干部,平时不甚言语的晓明积极报了名,并成为最终人选。也许,每个人都有两面性,阴影的背面可能是阳光,往常活跃热情的人,有些方面却木讷无感;平时总在一个圈圈里打转的人,会突然一跃就到了千里之外。晓明以前像是沉默的老黄牛,而后化身成雪域高原上的牦牛。不过既然是牛,就改不了吃草挤奶,在新的工作岗位上,他仍是默默地琢磨,认真执行一个个计划,并落实成最终的一项项工作成果。这本书，就是他思考的果实之一吧。

我是有些羡慕晓明在拉萨的这三年的，只有在异域他乡工作、生活达到一定时间，才可能真正被它的历史和文化吸引乃至震撼，那种震撼，是普通旅游者永远无法感悟和收获的。我二十出头刚刚从事电视工作时，担任纪录片《西域风情》的摄像，在新疆工作了三个月时间。北疆的帕米尔高原很多地方海拔并不亚于西藏，因为拍摄需要，我们登上冰雪覆盖的红其拉甫哨所拍摄边防官兵；在海拔四千多米的塔什库尔干塔吉克自治县拍摄塔吉克族婚礼；爬上坡陡谷深的明铁盖达坂公主堡后命悬一线；与塔克拉玛干沙漠里的克里雅人共度中秋……对西域山水、文化以及当地少数民族的生活和风俗留下了极其深刻的记忆。现在回想起来，仍觉得那是一次触及灵魂的经历，让新疆成为我一生的眷念。而从这本书里，也能看出晓明对于西藏，对于拉萨那种灵魂里的热爱与痴迷。从这个意义上说，西藏拉萨是他这一生非去不可的地方，甚至是某种宿命的安排。

遥远有多远？对古代中国来说，大漠戈壁、雪域边关便已是山高水远的蛮荒之所。随着时代的进步，不管是海的那一边，还是山的那一头，无论天涯海角，即便绕地球一圈，也都不是事，天涯可变咫尺。

遥远有多远？是大美山水在你眼前，你却熟视无睹；是与你常居地不一样的风情美轮美奂，你却无法体会；是面对那些热切渴望的眼神，你却无所作为。心无归依，咫尺可变天涯。

从晓明的这本书里，可感受到地域那么遥远，心灵却如此贴近。《明明就在那里》是他这三年拉萨工作生活的记录。外表寡言，内心丰富，这样的人一定会持续提炼他对生活的感悟，之后他还会说些什么，我很期待。

孟　非

2019 年 10 月南京

孟非:2002年,因主持新闻栏目《南京零距离》而成名,2010年起主持综艺节目《非诚勿扰》再次名声大振。2012年,获得第9届中国电视金鹰奖"最佳主持人"奖。先后出版《非说不可》《随遇而安》等多部书籍,名列第12届明星作家榜第12位。

序二

借散文的翅膀,帮我们圆了西藏梦

这些天来,我一直在读文友张晓明的纪实文化散文集书稿《明明就在那里》,这是一本充满感情记录西藏生活的书。

张晓明是我的高邮同乡,更是一位优秀的电视传媒人。三年多前,他作为江苏省广播电视总台的援藏干部(任职拉萨电视台副台长),在西藏整整生活了三年。记得那次他回南京,让我陪他去拜访先锋书店老总钱小华——物以类聚,人以群分,我相信欣赏什么人,也折射出自己的人生态度。记得当时我也送了《南京深处谁家院》给张晓明指正,他还对我说:"老克,有机会来拉萨住一段时间,写一本《拉萨深处谁家院》吧!"

说实在的,当时我还真是动了心的。当然,我更没有想到,张晓明在西藏做好本职工作的同时,已经悄悄地在写这本散文集《明明就在那里》。

十几年前,我曾有过和《东方文化周刊》的同事坐着火车去拉萨的经历。对我来说,西藏之行不仅是感受大自然的壮美,更是净化心灵、感受宗教美感的途径。如果说把我的人生修行比作台阶的话,毫无疑问,西藏是我修行的第一台阶。

记得那年离开拉萨时,我内心还是有些惆怅的,心想,如果有机会来这里小住一段时间该多好!因为我明白,要想真正爱一个地方,像我这种"蜻蜓点水式"的旅游是不够的,只有融进他们的生活,才能真正感受其魅力。

打开这本《明明就在那里》散文集,全书呈现浓浓的西藏高原风情,书中写到他学藏语、吃藏餐,深度体验藏民的文化、音乐、饮食、风俗等,让我特别羡慕和向往。尤其是他与不同阶层的藏族朋友交往,那种淳朴善良的人际关系,让我们看到风景之外的风景。

某种程度上,这本书是替我们这些热爱西藏的人,圆了西藏生活梦!

张晓明不是专业作家,但他却懂得写作的规律,就是不忘初心,用真挚的情感,老老实实把自己内心的东西表达出来。

一是朴素诚恳:张晓明善于用朴素诚恳的文字,讲述他在西藏生活的感悟。朴素不仅是浅显明白,更是对读者的一种尊重,尤其是诚恳,更是作者写作最基本的态度。这本书让我们读来有趣味、有温度、有力量,用文如其人来形容,一点都不夸张!

二是天然激活:西藏最值钱的东西是天然,在张晓明的笔下,西藏的冰川山貌、野生动物和植物,都是富有温度和情感的。如今现实生活中,有许多丑恶的东西,我们需要用美抵消丑。事实上,我们在阅读过程中,不仅被天然大美所吸引,更可以激活内心,清洁精神。

三是举重若轻:书中许多内容是他走访有关西藏文化、宗教进行艺术审美的记录。我相信张晓明是有这种文化地理意识的,对西藏那些被忽略却有文化价值的遗址做梳理、做推荐,我们甚至可以带这本书去西藏转一圈。他善于把复杂的事情明朗化,不故作高深,更不装有学问,历史典故用轻盈的方式表达出来,让我们读来颇有趣味。

四是呈现光亮:忠实记录自己感兴趣的东西不难,难就难在发现风景背后的风景。他在创作过程中,有意识将西藏和内地作比较,与当下生活做呼应,这种文字背后的"光亮",正是我们读者最在乎的东西。如今,张晓明已经圆满完成援藏的工作回到南京。前不久,他请几位老乡小聚一下。我们在席间不可避免谈到故乡高邮,谈到汪曾祺,这时我才了解到,我们不但是同乡,而且父母辈都是教师,尤其是他老家和我外婆家一样,曾住在高邮城北汪家大巷,这让我倍感亲切。

一方水土养一方人,高邮不仅有传统文化积淀,更有着文艺土壤。张晓明属于典型的高邮人性格,为人谦逊,温厚善良。就像那天吃饭,作为主人的他总是很少动筷子,省酒待客——正是我们高邮人与朋友的相处之道。

其实我列举这些细节并非闲笔,而是想表达这样的意思:张晓明援藏三年,在承受如此繁忙工作的同时,依旧能挤出时间写出这本书来,源于他有一颗文学的心;他在西藏短短三年,能对那片土地爱得那么深沉,源于他是一个温情善良的人!

老 克

2019年9月南京

老克:本名徐克明,资深媒体人,文化学者,散文作家。著有文化散文《南京深处谁家院》《南唐的天空》《暮光寻旧梦》等多部作品。

目·录

感　　知

　　在很多内地人心目中,西藏拉萨是雪域圣地,是高原净土,是佛教名城;这里有蓝天白云,牦牛青稞,神山圣湖……不过,普通的拉萨人怎样生活,这些年这座高原古城又有哪些变迁,没有亲身来到这里,是很难有认识和感受的。

桨声灯影里的拉萨河

乍一看,不少朋友可能会将标题看成了《桨声灯影里的秦淮河》。秦淮河被世人誉为"中国第一历史文化名河",是"六朝古都"南京的母亲河。现代散文家朱自清与俞平伯在夏夜同游秦淮河,以《桨声灯影里

秋季拉萨河

的秦淮河》为题,各作散文一篇流传于世,也让秦淮河的温婉、繁华深入人心。而拉萨河地处雪域高原,它是否也温婉、繁华,有着桨声灯影的故事呢?

长期生活在秦淮河畔,见惯了江南的绿水如蓝、小桥人家。2016年我成为第八批援藏干部中的一员,来到了圣城拉萨,来到塞外高原,发现这里的水与江南风格迥异。它们要么如纳木措湖那样的浩渺无边,澄澈广阔的水面倒映着雪山蓝天;要么如雅鲁藏布江般的深沟大壑、水流湍急。拉萨河是高原上相对温婉的一支,但其宽度也非江南河流能比。河面宽则宽矣,丰水季波涛汹涌,枯水季却成了潺潺小溪。拉萨河在拉萨城区段,河道最宽处可达一两公里,但大部分季节里河床裸露,现出滩地和鹅卵石,起风时河床上卷起的沙尘,让无数人避之不及……河水却只是涓涓细流,在宽阔的河床上宛如一条小水沟。

"一条秦淮河,半部南京史",秦淮河畔桃叶渡、夫子庙、王谢堂前燕……讲不完的金陵传奇。拉萨河也是高原儿女的母亲河,两岸到处

拉萨滨河公园

拉萨河游船码头效果图

都是历尽沧桑的古村落，从来不缺少荡气回肠的故事。拉萨河藏语名为"吉曲"，意为幸福河，而我们来到拉萨的一年时间里，目睹了"吉曲"正发生着千年未有的巨大变化、谱写新的篇章，河水中洋溢着越来越多的幸福。

　　从2013年起，拉萨河开始实施"河变湖"工程。通过在拉萨河上新建6座拦河闸及控导工程，抬高枯水期的河道水位，形成宽阔湖面。这样做的目的是保持水土、治理河道、美化环境，呈现出清秀的山、清澈的水、清新碧绿的植物，使之成为一条凸现地方及民族特色的美丽拉萨河。这一两年，处于拉萨城区核心位置的2、3、4号闸已经基本建成

记者在拉萨河边采访

蓄水,使得枯水季拉萨河城区段也能形成较大的水面,裸露的河床面积大幅减少,有效提升城市湿度,减少枯水季的沙尘。"河变湖"工程,不仅改善了拉萨的生态环境,也提升了防汛抗旱能力,让原先"喜怒无常,来去随意"的河水,变得安静与可控,形成的水面也会给野生鸟类提供栖息场所,给市民和游客提供一个休闲娱乐所在,让拉萨河的水面景观打造成为可能。

眼下,江苏对口支援西藏拉萨前方指挥部正在大力推进"游船码头"和"拉萨灯会"两项工作。游船码头,是在拉萨河畔的滨河公园、顿

珠产业园等处建设四座码头，供游船停靠，方便上下客。拉萨灯会，是引入秦淮花灯的非遗传人，与拉萨的民间艺人共同开展花灯创作，并在拉萨河边展出。古老的拉萨河原先只偶尔有几只牛皮筏摆渡行人，从未见过游船画舫，岸边更未有花灯彩影，这两个项目的建设，让"吉曲"也有了江南的诗情画意。可以想见，届时市民、游客可坐着游船看青山绿水，看布达拉宫，尽览拉萨河风光。夜幕降临时，各式各样的花灯映在拉萨河水中，伴着雪域风情的琴声歌声，讲述雪域高原的传奇……那场景该有多美！

目前拉萨河已经进入汛期，水面施工难度很大。而为了游船码头早日竣工，负责此项工作的江苏援藏干部，布达拉文化旅游集团副总经理张玉龙等每天前往工地，协调建设中的种种问题。为了让秦淮花灯走进拉萨，并形成高原特色，秦淮花灯的非遗传人顾业亮等殚精竭虑，创意策划、精心制作……

"桨声灯影里的拉萨河"指日可待，江苏人民与藏族同胞的团结之花绚丽绽放，江南风情与雪域风光将实现完美融合。这正是："圣城佛地新篇章，地灵人杰古韵长。江南塞北繁华景，拉萨河畔齐飞扬。"

树上山，种出雪域高原上的绿洲

在我来自于早先影视作品的粗浅印象中，西藏的天空虽然蓝天白云令人心动，而大地却是土灰黄褐生气不足。高原气候环境恶劣，冬有干旱酷寒，夏有骄阳水涝，狂风沙尘时时侵扰，树木生长困难重重，土灰黄褐这样的景象也在情理之中。

去年援藏来到拉萨，下了飞机便从贡嘎机场前往拉萨市区，却发现一路郁郁葱葱，绿意盎然。蓝天下，一棵棵挺拔的白杨被日光照得发亮，它少见婆娑的树影，不屑盘旋的虬枝，主干粗壮、树冠宽大，带着一种高原独特的风情。而徜徉在拉萨街头，走过很多条街，也都是绿树成荫。树荫下，都有一个小世界，高原刺目的阳光穿过浓密的绿叶，也不那么灼热了，它温柔地洒落在孩子们飞扬起的发梢，洒落在旅人惬意的脸庞，洒落在转经老阿妈的肩头。拉萨河畔滨河路上，遮天的杨树柳树，还形成了一道道绿意盎然的拱门，如同南京中山路上浓荫蔽日的法国梧桐，人们徜徉其中，流连忘返。

早先影视作品中的西藏，与我眼前的拉萨怎么会有天壤之别呢？援友成银生的一张名为"高原寒雪植树人"的照片似乎可看出端倪。照片拍摄于三月，斯时江南桃红柳绿，正是植树时节。不过雪域高原上大部分山头仍白雪皑皑，寒风料峭，而照片中，拉萨众多绿化工人正顶风冒雪，开展植树育苗工作。

援友成银生在照片后配文："……山麓雪坡三五人荷锄踽踽而行，据说是为了不误时令，冒雪植树。高原寒荒，而拉萨人誓将'树上山，河变湖，暖入户'，知其势难而

高原寒雪植树人(摄影：成银生)

偏为之，一腔热血换脉脉青山。其愿鸿，其志坚，其行毅，诚有甚于寒冰皑雪者。"

可见，高原面貌的改变，离不开高原人上下一心，顶风斗雪改天换

地的热情与决心。而在雪域高原植树造林,面临的困难比平原上大太多了。当地人介绍,早些年为了绿化高原,一些内地干部进藏时,常常会从家乡带树苗上来。因为交通不便旅途漫长,为了不让树苗在路上枯死,他们就将它包裹在衣服里,一路浇水带到西藏。高原气候环境特殊,树苗栽进土里并不代表就能成活,今天成活了也不代表明天还在生长,即使长了两三年的树,一个不小心,仍可能突然就枯萎了。因此,它需要长时间悉心的呵护,防旱、防晒、防寒、防风……

拉萨乡间小道

因为树木成长艰难,种树、养树对在西藏生活的人来说又具有了特别的意义。据军旅作家王宗仁一篇名为《昆仑女儿树》的文章记载,青藏公路昆仑山段很少有树木能生长,为纪念牺牲在青藏线上当汽车兵的父亲陈元生,每年,他的女儿陈文君都要在昆仑山父亲的墓前栽一棵白杨树。附近的藏族老阿爸长期坚持浇水施肥,养护这些小树苗。如今这些白杨树年年都抽出翠生生的嫩芽儿,"昆仑女儿树"也成为藏汉民族在高原艰苦的环境中团结一心、战天斗地的坚毅决心的象征……

近年来植树造林的资金投入、技术条件等均大幅提升了,高原人更是把这件事摆上重要议事日程。不但在路边种,在河谷种,而且在满是石头很少泥土的荒山上,也要种出一片绿色来。南山位于布达拉宫正南方,是拉萨河南岸高耸着的石头荒山,拉萨市专门成立南山造林绿化工程指挥部,要让"树上山"。目前,南山绿化工程已经栽植树木近10万株,平均成活率为61%。今年,南山绿化工程又计划造林685.3亩。为让荒山变绿洲,大家苦干加巧干,针对高原特殊的地理气候条件,滴灌、营养针等各种新技术,在绿化工作中得到大规模推广使用。

拉萨南山公园

现任西藏自治区人民政府主席齐扎拉,在担任拉萨市委书记期间就是一位"种树达人"。他不仅带头种树,在从外地出差返回拉萨市区的中途,还经常直奔植树工地现场,视察、检查绿化工作。他在大会上表示:退休之后将会留在拉萨,像云南杨善洲那样,专门从事种树工作,誓将拉萨的荒山野滩都披上绿衣裳。上行下效,拉萨市各级干部群众,也都十分重视绿化工作。我们江苏援友中的王其洲对口支援,在拉萨园林部门工作,常常要带着各地请来的园林专家,来往各个苗圃、工地,进行技术指导、督查……而在江苏的援藏项目中,达孜苗圃基地等与绿化相关的工程,也都是重点项目。

拉萨市政府内种植的左旋柳

如今的拉萨,不仅树的数量多了,树的品种也大幅增加。在20世纪,拉萨最常见的绿化树种只有柳树和杨树,最多的是抗旱耐风的左旋柳。而现在,拉萨的绿化树种已达到80余种。不仅有樱花、杨树、柳树、云杉、海棠、红叶李等常见树木,还引进了白皮松等名贵树种。一些新树种,不仅拉萨老百姓没有见过,甚至连该市的老园林工人也没有见过。原先拉萨市的行道树都是落叶乔木,到了冬天叶落枝枯,现在引进了雪松等常绿植物,即使冬季,人们仍能见到片片绿色。绿化的大幅增加,不仅扮靓、扮美了城市,更是提高了这颗高原明珠的空气湿度和含氧量,当阳光炙热时,也给道路添了份清凉,让拉萨变得更加宜居、迷人。

南京被称作"绿都",市民种树、爱树全国闻名,法国梧桐在道路两侧撑起的绿荫,成了六朝古都的又一张名片。据园林部门数据统计,南京目前的绿化覆盖率为45%,居全国省会城市前列。而拉萨市建成区目前的绿化覆盖率为40%左右,计划在2020年绿化覆盖率达到47%,

"输液"助长的树木

届时将比南京的绿化覆盖率还要高两个点。

　　与平原速生速长的树木相比,拉萨树木的生命的脚步似乎持久而缓慢,它随着高原的季候,不紧不慢地抽芽、生叶、开花、变黄、落叶。古诗里的"杨花榆荚无才思,惟解漫天作雪飞"在平原地区说的是晚春,来到拉萨却早已过了立夏。驰而不息,久久为功,一代人接着一代人努力,雪域高原上终将建成美丽的绿洲。科学考察还发现,青藏高原并非一次形成,它经历了大海—平原—高原—高高原这样一个不断隆起的过程,而在其从平原到高原阶段,也曾经孕育了大片森林,也曾经巨树参天,还留下不少植物化石。如今拉萨人的不懈努力,似乎也具有了大自然物换星移、沧海桑田的洪荒之力,要为高原找回百万年前的绿树浓荫,在雪域高原打造出宜居绿洲。

学藏语

进藏工作后,组织上鼓励我们学一些藏语,以方便与藏区群众交流。而为了帮助大家学藏语,拉萨宗角禄康公园对面的西藏报刊中心,每周日下午专门为我们援藏干部开设了藏语学习课程。

藏语有约,于是每到周日,我就拎着专门买来的藏语平板电脑前去上课。既然来到西藏,总该多少学两句,多多少少听懂一些,以应对日常简单交往。有了一些藏语知识,也能给我们工作带来方便。每天早晚与同事讲一句"晓不德勒"(早上好)、"拱珠德勒"(晚上好),似乎瞬间拉近了彼此的距离。

知道了一些藏语的发音,我们对西藏、对拉萨也有了更多的了解。比如:原先很多人以为八角(廓)街是因为有八个角,林廓路是因为行道树茂盛。学了藏语才知道:"八廓""林廓"都是藏语音译,"八廓"并没有八个角,它的藏语意思为绕着大昭寺外墙的转经道;而"林廓"意为绕着大昭寺、布达拉宫一大圈的转经道。

抱着同样想法去学藏语的援友有不少,一开始去上课的人也有很多,十几二十个人,有时那间小教室都坐不下。然而一段时间后,坚持学习的人越来越少,最少的时候,只有两三个人。我算是坚持较久的学

学习藏语的课堂

员，刚开始也挺认真，上课回来一遍遍读写，努力记住藏文单词。可工作一忙，事情一多，上课回来就不复习不练习了。下一堂课拎着包又去，前面的已经忘得干干净净。

特别是随着时间的推移，学习的深入，发觉学藏语真的不容易。藏语有 30 个字母，然后又有 4 个元音，5 个前加字，10 个后加字，2 个又后加字，4 个下加字，而 4 个下加字又分别只能加在 7 个、11 个、6 个、11 个基字下面……这些我很长时间都没能背熟！给我们上课的是曲珍老师，为此每堂课后她都一再叮嘱我们：要练习，要练习……

我很佩服一些"藏二代"，也就是早年进藏工作人员的子女。他们从小与藏族孩子一起长大，因此藏语说得也十分流利。藏语的发音方式与汉语有很大区别，有很多汉语中没有的音节。藏语的语法与汉语也有不同，一般先讲宾语后讲谓语……这些他们都掌握得十分娴熟。有的"藏二代"平时讲藏语多，讲汉语反而不如藏语顺口，常常会被当成是藏族人。

援友中也有学习有方、特别勤奋的人，比如来自社科院的匡老师，除了上课外，每天在家中坚持自学藏文两小时。过了半年之后，她就不再来藏语班上课了，因为班上教的内容，对她来说已经太浅。还有几位援友，坚持跟身边的藏族同事学口语，现在藏语口语交流也达到较高水平。

教藏文的曲珍老师

　　高山仰止,景行行止;虽不能至,心向往之。我和其他进步慢的学员只能努力坚持每周"赴约",毕竟这能让我们每周有一点点进步。此外,也是表达我们对藏文化的一种向往,表达对那些学习有方的援友的一种敬意。有时,我们还请曲珍老师教唱藏语歌,提升学习兴趣;请求帮助整理学习讲义,增强学习系统性。然而学习成效提升得仍然不够明显,这验证了一个真理:一切得靠自己!如果不像匡老师等援友那样,制订自己的学习规划,每天坚持完成学习计划,就不会有较好的效果。

　　历时一年多,藏语基础课程已教完,藏语班也已经停课,以后"修行靠个人"了。在此,特别感谢这一年多来,每周牺牲休息时间来教我们藏语的曲珍等老师。

　　格啦(老师),辛苦了!

结缘达东村

位于柳梧新区的达东村，是一个文化旅游产业、最美乡村建设和精准扶贫等多元融合发展的典范。达东村旅游开发既让许许多多慕名而来的市民、游客领略到了"塞外"江南的景致，又让当地村民提高了

援友在达东村合影

收入，脱离了贫困。前段时间，我曾经两次前往这个村庄，结下了特别的缘分，也留下了深刻印象。

第一次到达东村，是陪同中央电视台驻西藏记者站的陈琴大姐去考察。陈琴是位文物古迹的爱好者、研究者，也是保护者。当时在达东村最里端山坡上，正在进行房车营地施工，在施工现场有一处颇有年代的古建筑，屋顶已经坍塌，墙壁也已经部分倾倒。然而就在这断壁残垣处，她突然激动不已："从这建筑的规制看，特别是中轴线上的建筑格局，这一定是当年的贵族庄园，现在建设房车营地，没有对这处古建筑进行适当保护，有可能对整个庄园遗址造成破坏，需要赶紧整改。"在陈大姐的感染下，有人给柳梧新区管委会打电话，有人给拉萨市文物局打电话，大家都为古建筑的保护积极行动起来。此后的几天，我也多次联系文物部门、景区管理部门，询问事件的进展，得到了不少积极的反馈。

达东村亟待保护的古建筑

第二次到达东村,已是两个月后。这时的村庄,犹如内地赶集般热闹,到处都是帐篷,到处都是车辆和人流,以致一时路堵。我专程又去看了那座古建筑。值得欣慰的是:围绕古建筑一圈,修建了古色古香的栅栏,原先看上去即将倾倒的矮墙,也很好地保护了起来。而这并未影响其他设施建设,此时的房车营地已经建成,现场也整齐规范了许多。大家的呼吁,看来起到了很好的效果。于是,我们安下心来到各处转转,领略乡村的美景。

　　因为与古建筑结缘,我们也认识了达东村景区管理公司的几位工作人员——次珍、伍菊。在她们的引导下,我们从古建筑所在的山坡往下走,看见漫野盛开着紫色的野花,可与法国普罗旺斯、日本北海道那

漫山遍野的砂生槐

著名的薰衣草花海媲美。几经考证，得知这里的紫色野花名叫狼牙刺，学名砂生槐。高原昼夜温差大，气候干燥，风大沙狂，这狼牙刺如同它的名字，泼辣狂野，无论多恶劣的环境中，都能开得如火如荼，成为高原一景。

　　下得山来沿着溪流行走，便是连片的帐篷，人们或拖家带口，或朋友结伴在帐篷边烧烤、喝酒、游戏。我们路过，不时有热情的游客邀请我们喝酒、吃肉。一位皮肤黝黑的当地人还请我们到帐篷里小坐，喝酒聊天。聊了几句，这位吴先生突然问道："你们是不是江苏来的？"原来，吴先生祖籍江苏无锡，是位"藏二代"。从外貌看，他已经染上高原红，与当地人无异。不过对我们的江苏口音，他却感到特别熟悉和亲切，高

雨中游达东

原上偶遇乡音，大家免不了要饮上几杯，叙一叙乡情。

　　走过林卡区，我们又参观千亩丽江雪桃基地，可惜的是今年刚刚栽下的树苗，还没有长成真正的桃林。料想明年四五月，这里将成为一片美丽的桃花海，到明年国庆节期间，又可以品尝到地地道道的丽江雪桃。

　　沿着一条岔路往山里走，很快又到了尼玛塘寺，这是座有几百年历史的古寺。尼玛塘寺有三宝：藏马鸡、药师佛、藏医典籍。典籍上这样记载："尼玛塘，太阳落地般金碧辉煌……"达东村其他地方原先树木很少，这里的气候多风少雨，没有精细的养护管理，树木很难成活。不过尼玛塘寺地处山坳，周边却自有一番小气候，有连片的树林，树林中还栖息着藏地少见的飞禽走兽。

　　据说这片山坳中有 20 多种禽类，10 多种兽类。其中最出名的就

达东村的藏马鸡

是这国家二级保护动物——藏马鸡。藏马鸡非常漂亮,头顶是黑色的,眼睛周围是红色的,头部的其他部分又是白色的,从颈部开始往下由黑色,逐渐变为灰色。我们爬上尼玛塘寺边上的小山坡,就看见拖着七彩锦缎般长尾巴的藏马鸡悠闲地在林间漫步。藏马鸡群居的草地,三面环山,南面入口处对着拉萨河谷平原,独特的地理位置形成了温和的小气候,使这里成为动植物繁衍生长的好地方。因为当地人崇尚不杀生,没有杀戮和伤害,藏马鸡见到我们这些不速之客依然悠然自在,并不躲闪。草地背后的山上植被也十分茂盛,据说生长着灵芝、火麻、沙棘等几十种藏药,这也是尼玛塘寺以藏药闻名的原因。

我想以后有机会我还会来达东村。因为这里有我的一点点付出,我见证了它一点一点的改变,因此自己仿佛也与这个村庄有了某种特殊的关联,见证了美好,结下了缘分。而今后每次再来到这个村庄,就仿佛去探望一位朋友、一位故人。

感受"过林卡"

　　"过林卡",是藏族同胞最普遍的休闲娱乐方式,康巴藏区又叫"耍坝子",多集中在 6～9 月间。在我的微信中,保留着两个寂寞的小群:"阳春三月""端午烧烤"。这两个小群,一个是 3 月 3 日与几位援友去

过林卡

拉萨城郊过林卡所建,一个是与拉萨电视台同事端午节去达孜的白纳沟过林卡所建。虽说这样的活动微信群都是"一次性用品",现在已经没有人发言,但因留着不少美好回忆,所以我一直未删除。

据说拉萨过林卡源于"林卡节",藏语称"藏木林吉桑",意为世界焚香日,世界快乐日,传说是以此纪念莲花生大师曾于藏历猴年五月十五降伏了藏地的一切妖魔。热爱大自然又能歌善舞的藏族人民在这一天,身着盛装,带着青稞酒和酥油茶等各种美味食品,扶老携幼来到林荫茂密处,搭起帐篷,边吃边喝边游戏歌舞,尽情享受大自然。久而久之,这一活动就延续到整个夏天。

拉萨市民过林卡原先的主要地方是罗布林卡、人民公园、龙王潭公园以及哲蚌寺和色拉寺附近的林地,现在又有了达东村、支沟、斜沟、夺底沟……酷爱户外生活的藏族群众,夏天纷纷进入拉萨河边的树林里,开展内容非常丰富的各种活动。他们在林卡里搭帐篷,帐篷大都是白色的,绣着蓝色的吉祥图案。人们架起炉灶,安置桌椅,铺上卡垫,摆上各种点心、菜肴、饮料,然后可以从早到晚唱歌、跳舞、玩游戏等。藏地林卡在形式上如同内地的野炊,内地一些户外休闲地,也设置了烧烤区、野餐营地,每到节假日必然人满为患,不如藏区过林卡这样空旷、闲适、随性、天高云淡。

还记得"阳春三月"过林卡时,高原阳光虽然明媚,大地却没有如江南一般草长莺飞。"五月天山雪,无花只有寒。笛中闻折柳,春色未曾看。"三月的高原只堪比江南早春二月,有些树枝发了点新芽,大多树木仍

过林卡

一片枯黄。不过那时我和众多援友刚从内地回藏,大家都想早点进入藏地生活状态,过一次林卡似乎便是很好的方式。在林地里随地捡来石头可堆起灶台,捡来枯枝做柴火,点燃后烧烤自带的牛羊肉,边烤边吃,其乐融融。从雪山融化而来的清泉水,沿着溪流潺潺而下,非常方便过林卡时的各种洗涤。

"端午烧烤"过林卡比"阳春三月"时间又过了近三个月。"长风几万里,吹度玉门关",塞外高原终于春意盎然。多数山林披上绿衣裳,还有各色野花漫山遍野。结伴而行的有好几位八五后、九〇后年轻同事,因此除了烧烤,玩的花样也丰富了,有人打牌,还有人玩"狼人杀"等集体游戏。一位同事带来上初中的女儿,首次参加"狼人杀",总是"天黑"睁眼,"白天"闭眼,惹来大家笑声不断。还有人带来一只斗牛犬,追着山野间的牦牛狂吠,体型比这狗儿大十多倍的牦牛,竟然被欺负得四处逃跑。貌似强悍的斗牛犬其实也很胆小,当它被抱到小溪的那边,想要回到人群中时,却怎么也不敢跳过窄窄的水沟,兀自在那边草地上打转。

七八月份,夏季的拉萨不冷不热,非常适宜户外活动,遗憾的是我一直没有机会再参与过林卡。有藏族朋友介绍:这段时间他们几乎每个周末都会举家出游。藏式家庭亲戚多，这周末二叔张罗，下周日三姑做东，这样可持续一整个夏天。每个周末，都如同汉地中秋、除夕那样全家欢聚，融洽了亲情，凝聚了友情，似乎时光都流淌得缓慢，着实让我羡慕。

夏末秋初，丰收在望，拉萨的乡村开始过望果节，村民们赛马射箭过林卡，这林卡也过到了最高潮。前阵子我去林周县甘曲镇江角村采访，正值当地的望果节。只见山脚下的草地上搭起连绵几百上千顶帐篷，人们举家而来，老幼同乐，高峰时现场有上万人。小伙子们赛马、射箭，姑娘们跳舞、唱歌，全家老少团聚在帐篷里聊天、喝酒、做游戏。我们这些外人，随便走进哪个帐篷，主人都会端来青稞酒、牛羊肉与你一起分享。如果你愿意，尽可流连在帐篷之间，不醉不归……

到了仲秋时节，内地还在抱怨"秋老虎"，高原已寒意渐浓，朔风扬沙，"大漠穷秋塞草衰"，过林卡只能暂时告停。不过一旦阳光明媚，风沙消停，仍可见一些市民，在路边草坪席地而坐。喝两盅酒，唱几首歌，掷几轮骰子，仿佛在回味过林卡时的快乐逍遥。

期待明年夏天，过林卡时再相见。

望果节的林卡

探密吞巴

  拉萨市下辖的尼木县吞巴乡是一个富有传奇色彩的地方,这里诞生了一位伟大的人物,流传着一段传奇的故事。

  我第一次到吞巴乡,是 2016 年 10 月,那时刚到拉萨工作不久,单位安排去看望结对帮扶的"亲戚"。而就在我的"亲戚"妮琼家附近,一座高高的汉白玉人物雕像引起了我的关注。请教同事们得知,雕像塑造的人物是藏文创始人吞弥·桑布扎,而吞巴乡是他的出生地,也是西

吞弥·桑布扎雕像

藏历史上吞弥家族的领地。

吞巴乡位于拉萨尼木县的东部，雅鲁藏布江边上，紧邻 318 国道，交通便利，辖区内有吞弥·桑布扎的故居，还有风景优美、声名远播的制作藏香的"水磨长廊"。

典籍记载，吞弥·桑布扎是一位出生在吐蕃权贵世家的传奇人物，年轻时与 16 名聪颖的藏族青年奉命携黄金前往天竺（今印度）学习梵文和天竺文字。因途经凶禽猛兽禁区，加之对热带气候极其不适、水土不服等种种原因，同伴们都客死异域，最后仅吞弥·桑布扎学成返回。"赞普派遣上天竺，吞弥学文无遗力。"返回吐蕃后，他在拉萨的帕崩岗（帕邦喀）闭门钻研三年，创制了藏文，成为吐蕃王朝赞普松赞干布的贤臣，也可以说他与松赞干布亦师亦友，很像春秋战国时的百家诸子、贤达名流，可以和君王坐而论道。

藏文的创制，使得人们可以看到藏民族的历史，也大大提升了藏民族的生命力、凝聚力，为吐蕃的治理以及其与周边各民族间的交往、

雕刻着藏文字的石头

政治经济文化发展等都做出了很大贡献。如今,在吞弥·桑布扎故居附近道路两旁的石头上,人们都刻上藏文字以纪念这位传奇人物。

年龄大了后,吞弥·桑布扎隐退,回到出生地尼木县吞巴乡。他又利用吞巴乡吞曲河丰富的水力资源,发明木制水车,利用水磨来将柏木磨制成粉,再加入30多种藏药,做成远近闻名的尼木藏香。如今我们在吞巴的水磨长廊仍可看到,每架水车旁都堆着磨盘大的橙黄色柏木泥,这些木泥制成砖晾干后,就成为制作藏香的原料。人们还传说,吞弥·桑布扎在吞曲河边看到水车轮叶伤到了水里的鱼,便动了恻隐之心,于是在河边立了石碑,上面写着"鱼儿不得入吞曲河"。神奇的是,吞曲河的水质没有任何问题,但如今就是没有一条鱼,因此吞曲河又被称为"不杀生之水"。

水磨长廊

尼木藏香被誉为西藏第一圣香,它以"不杀生之水"为生产藏香的动力,至今已有一千三百年历史传承,这种水磨藏香制作技艺已被列为国家级非物质文化遗产。

除了传奇的人物,传奇的故事,吞巴乡更有世外桃源一般的美丽风景。因为常常去看望"亲戚",我也能常常去欣赏它的美景。走在吞曲河边,绿树成荫,水流潺潺,还可远眺卡若雪山。

与"亲戚"在吞巴乡合影

　　清澈的吞曲河水顺流而下,在高低不平的草地间,有上下落差的地方就能安放水磨,利用水流的落差冲击水磨一端使它转动,周而复始,不停打磨另一端的柏木段。绿树成荫的村落间,那不停转动的水磨、沙沙作响的树叶,让你仿佛身处另一个世界,可尽情享受它的古朴、恬静。"吞巴水车昼夜转,藏香飘绕意悠扬。"在温暖的下午,在自然山水中,聆听藏香的"私语",也是人生的惬意时刻。

尼木县还被称为"拉萨的作坊",手工艺人灵魂的栖息地。现在,尼木吞巴景区汇集了这个县所有的非物质文化遗产,向游客展示,包括三项国家级、五项自治区级非物质文化遗产,除了尼木藏香外,还有雪拉藏纸、塔荣藏戏、普松雕刻、藏靴、藏陶、藏鼓、藏文书法,其中尼木藏香、雪拉藏纸、普松雕刻合称"尼木三绝"。吞巴景区也成为西藏最大的体验式非遗博览园,获得过"中国最美乡村""中国艺术之乡"等多个殊荣。

吞巴,等你来哟!

影响千年的文成公主

很多人了解西藏，认识西藏，往往是从中学历史课本里的大唐文成公主与吐蕃赞普松赞干布联姻开始的。而当你来到西藏后发现，虽然时隔一千多年，文成公主的足迹，仍时不时就会出现在你的眼前。

在拉萨稍高一点的房屋，透过南边的窗户，就可以看见拉萨河对岸两山之间的缓坡上，有一座高高的红色建筑，这就是拉萨著名的大型史诗实景剧《文成公主》的演出剧场。每年的 5 月到 10 月，无论风雨冰雪，文成公主进藏的故事每晚都会在这里上演，场面宏大，乐声悠扬，令人荡气回肠、回味无穷。如今到拉萨旅游，看实景剧《文成公主》已经成为不可或缺的一项内容。剧中台词"天下没有远方，人间都是故乡"也激励着众多远行者扎根边疆。

从《文成公主》演出剧场回拉

《文成公主》实景剧

萨市区,须通过迎亲桥过拉萨河。据说当年文成公主也是从这里渡河前往布达拉宫的。布达拉宫中保存有大量内容丰富的壁画,其中就有文成公主进藏后,受到盛大欢迎的场景。而在布达拉宫顶层的法王洞内,一直供奉着文成公主的塑像。塑像塑造的是文成公主20岁左右时的模样,脸庞上甚至还可以看出一些稚气来,但是从眉目间看出更多的是安详平和、智慧善良。藏族传说认为:文成公主是西藏护法神白度母的化身,所以在布达拉宫红宫无量寿佛殿里的白度母塑像,与红宫顶层法王洞里文成公主的塑像,十分相像。

法王洞里的文成公主像

从布达拉宫往东走不远就是小昭寺,小昭寺由文成公主主持修建,汉式风格,寺门朝东,以寄托文成公主对长安父母的思念。当年随文成公主一起进藏的大唐国宝——释迦牟尼12岁等身像,曾经供奉在这里。不过西藏高原曾发生佛苯之争,也就是佛教与本土苯教之间的激烈争斗,为免佛像被损坏,这尊宝像曾被转移并隐藏了起来。如今,重见天日的宝像被供奉在小昭寺南面不远的大昭寺。

拉萨有"先有大昭寺,后有拉萨城"的说法。而大昭寺,传说也是文成公主选址并主持兴建的。文成公主进藏后曾进行卜算,指出雪域吐蕃的地形是一个仰卧的罗刹魔女,必须以镇压地煞的方式消除魔患,所以又主持兴建了大昭寺以镇邪。如今在大昭寺供奉松赞干布的配殿,也供奉着文成公主的塑像。而关于兴建大昭寺镇压罗刹魔女说法的记载,绘制在藏区各个大大小小的佛殿和庙堂的壁画、唐卡中。大昭寺前的唐柳,传说也是文成公主亲手所栽。著名的甥舅同盟碑,也称长庆会盟碑就立在唐柳旁。唐蕃会盟碑记载:"……和叶社稷如一,于贞观之岁,迎娶文成公主……重协社稷如一,更续姻好……"

供奉于大昭寺内的松赞干布与文成公主塑像

藏族的史书中,用大量篇幅来记载文成公主的事迹。文成公主还对拉萨四周的山分别以八宝命名,这些山名一直沿用到现在。而由这八宝组成的图案,成为藏族群众每家每户都会张贴悬挂的"八宝吉祥图"。每年雪顿节等重大节日,西藏各地会上演八大传统藏戏。而讲述松赞干布派大臣噶尔·禄东赞率领使团,前往唐朝国都长安请婚,并用

八宝吉祥图

聪明才智解决一系列难题,最终成功迎娶文成公主的藏戏,是很多地方的必演剧目。

　　文成公主与松赞干布的故事,以及她推进藏汉团结的功绩,至今仍以戏剧、壁画、民歌、传说等各种形式在汉藏民族间广泛传播。唐人陈陶《陇西行》诗云"自从贵主和亲后,一半胡风似汉家",可证文成公主在唐与吐蕃的文化交流中发挥了极其重要的作用,其影响一直延续到千年之后。也因此我们在西藏,才时不时会发现文成公主的足迹,不经意间就与文成公主邂逅。

"藏晚"三十年

　　对拉萨电视台来说,每年的藏历新年电视联欢会,也就是拉萨市民俗称的"藏晚"都是一件大事。就如同央视春晚一样,"藏晚"是拉萨群众过藏历新年期间最爱看的电视节目,群众的节日盛宴,自然马虎不得。拉萨"藏晚"1988 年首次亮相,今年是拉萨电视台第 30 次承办藏历新年电视联欢会,我也参与了今年"藏晚"的宣传推广,挖掘整理了这三十年来"藏晚"背后的故事。

2018年"藏晚"上的各族主持人

要挖掘一二十年前的掌故，电视台有一个独特的优势，就是带库里有丰富的视频资料。不过，二十多年前用的摄像录像设备，和现在使用的已经完全不同，早年保存在老式磁带里的节目，很难找到老式的放像机来播放。电视台技术部四处托人几经周折，才最终翻录出来四个小时的视频资料。但这已经足够，看着不断拉出雪花，已经有些模糊的老视频，不禁让人感慨，这就是历史。

　　德巧老师是1988年首台拉萨"藏晚"的总导演，是他率先提出办拉萨"藏晚"的构想，并克服巨大的困难将之付诸实施。现在电视台录制一台哪怕最小型的活动，起码也得需要三到四台摄像机。央视春晚这样的大型晚会类节目，则需要十几台到几十台摄像机，还需要"飞猫""电兔子"、大小摇臂等各型器材，从不同机位拍摄，再由导播在切换台上进行切换调度。然而在1988年，整个拉萨电视台也没有几台摄像机，几经争取，录制晚会也只能拿出一台摄像机。当时的导演助理柯克回忆，因为设备实在太简陋，这场晚会前前后后拍摄了近一个月时间。因为每个节目，都需要反反复复拍摄好几遍，每一遍都从不同角度去拍摄，最后再对口型、对动作，一个镜头一个镜头地进行剪辑。无论

1996年"藏晚"现场

是演员，还是导演、摄像，当时都累得够呛。

尽管一切都很简陋，但在那个精神文化生活还相对单调的年代，藏历新年电视联欢会的推出无疑是一大盛事。如同冯巩、姜昆、陈佩斯等人的节目之于内地观众一样，当年"藏晚"的节目，特别是西藏本土题材的艺术创作、本土艺人的表演，也让拉萨市民百看不厌、津津乐道，成为许多市民一段时间谈论的焦点。1988年，扎西顿珠等"铁三角"演员凭踢踏舞首次登上"藏晚"的舞台，为广大群众熟知并喜爱，他们至今仍活跃在西藏的大小舞台上。而为"藏晚"创作的主题歌《吉祥的祝福》等，则一度传遍大街小巷、田野牧场，到如今还有许多人哼唱。

"藏晚"历史剧照

拉萨"藏晚"一炮打响后，上级也开始逐年加大投入。1991年的电视联欢会，节目导演组有了自己的切换台，实现了三个机位的切换录制。20世纪90年代中期，金美多吉、刘晓萨先后担任总导演，晚会录制走进了少年宫、海萨会堂、自治区体育馆等相对宽敞的场馆,表现形式丰富了许多。到了新世纪,强巴云丹连续担任了十多年的总导演,这时拉萨电视台拥有了自己的演播大厅,灯光舞美效果上了一个大的台阶。"藏晚"演员费用投入也逐渐加大,一度邀请了韩红、黑豹乐队等知名演员及演出团体参演。节目的创意水平、舞美道具质量也不断提升。有时,整个舞台被布置成"扎西康桑",一座喜气洋洋的藏式大院,邻里交往串起故事;有时,舞台像一座藏式农庄,艺术化展现藏区农牧民的生活场景……

除了创作、引进拉萨群众喜闻乐见的歌舞、小品、相声等,拉萨"藏晚"还特别重视发掘有着浓郁民族文化传统的"原生态"节目,历届导演都十分重视民族文化传统的保护与传承。在大家的努力下,打阿嘎、牛皮船舞等大批非遗表演走上了电视舞台,为更多市民熟识和喜爱。新锐导演白玛央宗、朗杰各种新的创意更是层出不穷。2014年,拉萨"藏晚"首次实现"走出去",与康巴卫视联合策划举办,200多名拉萨

"藏晚"舞蹈彩排

2018年"藏晚"

本土演员、非遗传人走出西藏,前往四川成都进行节目录制,大量"原生态"节目集中亮相,通过电视的广泛传播,引发了更多观众的关注,民族传统舞蹈《打阿嘎》荣获了第七届全国电视舞蹈大赛的三项金奖。

随着西藏社会经济的发展,"藏晚"在节目创意水准不断提高的同时,舞台效果及摄录技术也不断攀上新台阶。经过半年多的紧张工作,2018年拉萨藏历土狗新年电视联欢会完成了录制,并在藏历新年当天成功播出。这是历年来资金投入最多、设备最先进、演员阵容最强大的一台"藏晚"。在西藏首次采用了机械舞台、超大背景屏幕等硬件设备及一镜到底、飞猫拍摄等新的电视艺术表现手法,并首次邀请了蒙古族、回族、维吾尔族等多个少数民族主持人共同主持,多个民族地区提供特色节目同台呈现。整台联欢会既保留浓郁的民族文化传统,又创作了很多有时代感的新节目,为拉萨市民及广大观众奉献了一桌"色、香、味"俱全的文化大餐。

祝拉萨"藏晚"越办越好,祝福拉萨的朋友们新年快乐,扎西德勒!

冬季到拉萨来观鸟

到了 11 月,西藏不少地区出现了降雪,拉萨市区最低气温直逼零下。天气冷了,人们换上了厚厚的棉衣,迎接冬季到来。而每年差不多这个时候,拉萨河谷也成了候鸟越冬的天堂。黑颈鹤、斑头雁、赤麻鸭等一些鸟类纷至沓来,让这个原本有些萧瑟的季节变得异常热闹。

宗角禄康公园里越冬的候鸟

黑颈鹤是国家一级保护动物,西藏是世界上最大的黑颈鹤越冬和繁衍地。拉萨河谷相对温暖的气候,田野里大量遗留的青稞以及草根等,为黑颈鹤提供了重要的觅食地及夜宿地,它们也成为前来越冬的第一批客人。

紧跟着黑颈鹤的脚步,红嘴鸥、赤麻鸭、斑头雁等也陆续赶来,温暖、湿润的拉萨河谷吸引来数万只候鸟在此过冬。从 12 月一直到来年的三四月份,候鸟的数量便达到了高峰,据统计,在冬天的拉萨市区,各种鸟类就有130多种。善良的藏族群众对候鸟十分友好，还经常给这些鸟儿喂食，因此即便拉萨城区，也有很多候鸟栖息。特别是近年拉萨大力实施河变湖工程，城区那些原先冬季干枯的河床，如今也蓄满了水，成为一些水鸟栖息的乐土。当你乘车经过拉萨河边，就会惊奇地发现，车外突然传来一声声清脆的鸟鸣。坐在窗口的位置向外望去，不远处的河滩上、水面上聚集了数百只水鸟，觅食、嬉戏，它们突然惊起时，几十上百只一起从你头顶掠过，蔚为壮观。

在市中心布达拉宫脚下的宗角禄康公园，也可以随时随地看到候鸟们的身影。水面上一群群红嘴鸥、赤麻鸭，仿佛在向着你招手。"日光之城，飞鸟翔集"。如果你愿意，可以给它们喂

宗角禄康公园里越冬的候鸟

食一些面包、花生，鸟儿们一边觅食，还一边向你频频点头以示感谢。

冬季的拉萨也比较寒冷，那么，黑颈鹤等候鸟又是从哪里迁徙而来的呢？请教专家得知，这些鸟类中有很多都是从更寒冷的藏北羌塘草原、青海湖边迁徙而来。有研究团队选择在两只黑颈鹤身上安装了无线电跟踪仪。传回数据显示，它们从青海湖飞往拉萨河谷越冬，而且是昼夜不间断，连续长途飞行了几天几夜。

当大群大群的候鸟从天空飞过时，当群鸟迎着雪山起舞时，西藏的冬季也别出心裁地现出了几分灵动。展现在我们眼前的，早已不仅

藏北草原上飞翔的候鸟

仅是一种自然现象,而是天地间最和谐美丽的画面。在不少人的眼里,冬季的高原可能是暮气沉沉,了无生机。但对于喜爱鸟类的朋友们来说,此时可是邂逅大自然精灵的最美时刻。

雪山前的候鸟

西藏旅游,有人说3月去林芝看桃花;6月去阿里自驾;10月则不能错过漫天的红叶黄叶;而进入深秋和冬季,则是沿着拉萨河流域观鸟的最好时节。

这个冬天,如果你厌倦了大城市里的沉闷,不如一起去寻找天空中翅膀的痕迹吧。冬季的西藏虽然略有几分寒意,但是天空却一如既往地湛蓝。拉萨河流之上,大批的候鸟正在白云蓝天下恣意盘旋,纵情飞舞,等候您的到来!

拉萨春雪

3月的拉萨，没有春雨的滋润，却常有春雪相伴，"白雪却嫌春色晚,故穿庭树作飞花"。倏忽间,一片白茫茫就不期而至。拉萨春雪,来得悄无声息,去得无影无踪,总是蹑手蹑脚,伴着桃花、樱花、梅花轻轻绽放。它不似拉萨的风沙,呼啦啦吹得凛烈豪迈,铺天盖地;也不像拉萨的雨,在温暖的季节里每晚准时降临,不大不小,一阵噼里啪啦,确

雪中布达拉宫

保将你淋湿淋透;更不同于高原的阳光,一年四季始终刚烈威猛,即便是冰雪寒冬,直射之下仍犹如火炙,照得你睁不开双眼。

拉萨一年四季似乎不太分明,大概就分为暖、冬两季,或者说雨旱两季。4月到10月气候不错,气温不低,雨水也较多,虽少电闪雷鸣的滂沱豪雨,但几乎每晚都会不大不小下上好一阵。11月到来年3月为冬季,气温较低,气候干燥无雨,风沙也较大。暖季多雨自然不会下雪,过了雨季天气逐渐寒冷,周边山脉就渐渐多了白色装扮。但即便在最寒冷的冬日,拉萨市区也很少下雪,从11月到来年1月,往往一场雪,一片雪花也见不着。反而到了二三月份,内地已经春暖花开,拉萨市区却时不时"山舞银蛇,原驰蜡像"。3月已是各类生命萌发的季节,即便

有雪,桃李该发芽就得发芽,杨柳要飞絮就得飞絮。因此,一场场桃花春雪漫天飞舞,红蕊伴着雪花,绿芽裹着冰晶,成了高原上独特的风景。

雪压桃花

拉萨的春雪,是害羞的姑娘。华灯初上时,她遮住星星和月亮,独自翩翩起舞。"随风潜入夜,润物细无声"在内地说的是春雨,在高原圣城,她化作白色精灵,在夜色里无声无息地飞洒。等到旭日东升时,她便已织就一条巨大的洁白哈达,献给这个世界屋脊,献给这里所有的生命。

拉萨的春雪,是慈祥的母亲。偌大一个高原,被她轻轻地拥抱着,那么安详,那么透亮,呼吸一口雪后的清新空气,每个人都感觉透着心窝的舒畅。此时你想骑上一匹白马,在雪地上奔驰,在旷野里扬鬃,再轻轻走过那片桃树林、樱花丛,看粉红花瓣飘落,化作春泥更护花……

拉萨的春雪,是灵动活泼的青春。在西藏的灼热阳光里,那夜间积

下的雪,渐渐生长融化成清亮的小溪,拥着清澈、明净汇入河流,每一朵浪花都晶莹脱俗,每一层波浪都透明纯真。那激起的旋涡,回旋着刚刚飘落的各种花瓣,滋养着雪域高原,为我们讲述这里春天的故事。

雪中的拉萨市广播电视台

　　拉萨春雪与春花,与春日阳光原本是融为一体的,或者,她是上苍派来的使者,是大地献给西藏的精灵,所以,它才如此让人惊艳,如此有母性的光辉,照耀苍茫。被她簇拥着,你心头的浮躁就会被抹去,脑海中的欲望就会彻底沉寂,所有寂静下来的,是圣洁与庄严,慈爱与安详。你只想坐在她白色的世界里,默默相望,静静思想,深深地去感悟、去领会……

雪中拉萨乡村

　　在拉萨这块土地上，无论是生于斯长于斯的拉萨人，还是来自于远方的游子，在春雪里也能感受春天，一种不一样的春天。一场美丽的桃花春雪，没有雪的冷峻，也没有冰的严酷，而是让你感到纯洁与神圣，于无声中将人们内心浸润得暖意融融，把高原大地滋养得生机勃勃……

拉萨与北京

　　因为江苏省、北京市共同对口支援拉萨市,所以在拉萨也可以见到很多北京的印迹。拉萨老城最重要的两条东西向主干道,一条是江苏路,一条为北京路;拉萨的东部新城有条江苏大道,拉萨西边的柳梧新区也有条北京大道;拉萨教育城里有座北京实验中学,也有座江苏实验中学。江苏对口支援拉萨的达孜区、墨竹工卡县、林周县、曲水县,县里有南京路、扬州路等等;北京则对口支援拉萨的城关区、堆龙德庆区、当雄县、尼木县,县里就有了丰台小学、石景山幼儿园等等。在拉萨市直的很多单位,常常有两位援藏干部,一位来自北京,一位来自江苏,大家也都成了很好的朋友。

　　不过,北京毕竟是首都,也是包括西藏人民在内的全国人民向往的地方。西藏与北京的交往也会频繁得多,在首都北京的西藏印迹也比江苏多很多。从建筑和地名来看,在南京,只有一条短短的拉萨路,以固化的地理名称展示两地之间的联结。在北京,则有西藏大厦、中国藏学研究中心、中国藏文化博物馆、北京西藏民族中学、高原路等,让西藏朋友倍感亲切的所在。

　　因为历史的渊源,喜爱藏文化,喜爱藏传艺术品并购买收藏的藏

位于北京北四环的中国藏学研究中心

家主要在北京一带。西藏销往内地的唐卡作品,买家也大半在北京。在北京的雍和宫、国子监一带,就有不少销售藏传艺术品的商店。

北京雍和宫附近的唐卡店

说到雍和宫,这也是一座与西藏有着千丝万缕联系的寺庙。雍和宫英文名The Lama Temple,标明了它是一座藏传佛教的喇嘛庙。这里原是清雍正帝登基前的府邸,称雍亲王府。雍正信仰佛教,登基前就将府邸的一半改为黄教上院,乾隆九年,雍和宫正式改为喇嘛庙,并成为全国掌管藏传佛教事务的中枢,以及中央与青藏高原、蒙古草原联系的宗教纽带、文化人才交流的桥梁。几世达赖和班禅都曾在此留下足迹，可以说，雍和宫是清朝中后期全国规格最高的一座佛教寺院。

乾隆皇帝七十大寿时，出于加强民族团结的需要和自己对藏传佛教的笃信，特邀请六世班禅来京，参加祝寿活动。为此，乾隆皇帝在雍和宫内改建了两座灰瓦顶楼，这便是位于法轮殿东西两侧的班禅楼和戒台楼。如今，当初供六世班禅大师休息的班禅楼成为文物展厅，汇聚了雍和宫众多珍贵的历史文物。乾隆年间起，达赖、班禅等藏传佛教大活佛转世灵童最终都要通过金瓶掣签认定，金瓶掣签用的金奔巴瓶，一个置于西藏拉萨大昭寺，另一个就收藏于此。

收藏于雍和宫内的金奔巴瓶

历史的联接，让现代的藏族同胞在北京更有了一种亲切感。除了校园里有众多藏族学子，西藏的歌手、舞者、艺术家寻求到内地发展，大半首选在北京。在北京的歌厅里，有

《西藏诱惑》栏目截图

不少藏族歌手驻唱；在雍和宫附近一些街巷，有西藏来的"北漂"经营着宾馆、藏餐厅等等。西藏卫视有个纪录片栏目《西藏诱惑》，还专门做过系列报道《藏人在北京》，讲述了北京的藏餐馆老板娘、藏医学者、藏族运动员、热巴舞者等人物在北京打拼、生活的故事。

曾经，能够离开青藏高原前往内地繁华都市，只是极少数僧侣贵族的特权。而现在，越来越多的藏家儿女自由来往北京、成都、南京，求学、生活、创业……从这个视角看，也体现了西藏社会的巨大进步。

成都的西藏一条街

　　明明是身处内地的城市，可走在街道上，你却浸润在雪域高原的歌声里，有种身处藏区的感觉，这就是成都的武侯祠横街，位于成都主城区，紧挨着著名景点武侯祠的一条小街。

武侯祠横街一角

因为在西藏工作,免不了会去成都出差,西藏的朋友都会推荐我去逛逛武侯祠横街。这是一条充满藏族元素的特色街市,街上有不少以经营藏族特色产品为业的店铺,是购买藏饰藏文化用品的好地方。很多店主或店员就是藏族人,他们有的来自西藏,也有的来自四川的甘孜或者阿坝。

　　在街上,不时会看见穿着藏族传统服装的老阿妈,转着经筒慢慢走过;也常常看见穿红衣的僧尼喇嘛,前来采购物品。身处街头,耳边不时会响起藏语对话,走进店家,藏乐悠扬,这一切都让你仿佛置身于藏区。整条街上栉次鳞比的小店里,除了藏族物品应有尽有之外,藏餐厅也很多,你可以挑选各式各样的特色产品,还可以尽情品尝各种藏族的美味佳肴。

　　有人说:在西藏,普通话就是四川话。这反映了西藏与四川的紧密关系,西藏有大量的四川人,分布在各机关单位、学校医院、商店工

武侯祠横街一角

地……哪怕是最偏僻的乡村，也会有家川菜馆子，有一位四川的老板娘。因为地理位置上接壤；因为早年驻守四川的十八军进藏；还因为四川人特别吃苦耐劳……各种因素总结下来，四川与西藏的亲近是不争的事实。

而成都特殊的地理位置，决定了它是一个西南少数民族汇集的城市，也成为包括藏族朋友在内，众多少数民族朋友喜欢停留的内地城市之一。在成都，有一些成片的小区，是西藏各家单位的退休基地，很多西藏干部职工退休后，愿意定居在成都。从天南海北来的汉族干部长期在西藏工作，老家亲友有的不在了，有的疏远了，退休后不如落户在成都，还有许多西藏的老同事老朋友可以来往。土生土长的一些藏族干部职工也如此，年纪大了拉萨成都两边住住，在成都既可以会会老朋友，自己就医、晚辈就学等等也更方便些。

而武侯祠横街一带成为藏族朋友最喜欢的区域，还有两个重要原

西藏驻成都办事处

因：一是西藏自治区人民政府驻成都办事处、四川甘孜藏族自治州政府驻成都办事处都在这里，大家办事比较方便；二是西南民族大学也在附近，很多藏族同胞曾经在这里求学，对这一带也更熟悉。在武侯祠横街一带遇到的藏族人，汉语都说得很好，沟通起来也更方便。他们有的来成都办事、有的来看病、有的来游玩，还有相当部分已经长期居住在成都。

成都武侯祠，是中国唯一的君臣合祀的祠庙，刘备与诸葛亮，也是三国时期的英雄人物。诸葛亮"七擒孟获"，寻求团结稳定的故事为后人所称道。时隔近两千年，中华民族早已经是一个大家庭，这和谐团结的场景，想必也是卧龙先生当年最想看到的吧？

探访拉萨"隐秘处"

　　作为世界旅游目的地,中国首批历史文化名城,西藏拉萨以风光秀美、历史悠久、风俗民情独特而闻名于世。感受拉萨,除了布达拉宫、大昭寺等人人皆知的景点,一些虽然知名度不高,但却有着深厚历史传承的地方也很值得一看,拉萨"四大岗"便是可以寻幽访古的地方。

　　"岗"是藏语发音,意思倒也与汉语差不多,意为高地。拉萨"四岗"分别为帕崩岗(帕邦喀)、吉崩岗、铁崩岗和萨坡岗(藏语音译)。如今这四岗中,萨坡岗已渐渐不为人知,但其他三岗人们还常常提及。帕崩岗现在是著名的旅游景点;吉崩岗和铁崩岗则地处闹市,人口密集,是拉萨城知名的社区。

　　帕崩岗的汉文意为:"坐落在大石头上的宫殿"。作家韩敬山称颂藏文创制者吞弥·桑布扎时写道:"跨越雪峰求文字,只为青藏有传承。"相传,吞弥·桑布扎受吐蕃赞普松赞干布之命,

帕崩岗

经历了千辛万苦,翻过冰雪覆盖的喜马拉雅,走遍了天竺各地学习文字。从天竺返回吐蕃后,他来到帕崩岗闭门钻研三年,以梵文的 50 个声韵字母为蓝本,结合吐蕃语言实际,创造藏文字。此后,松赞干布和文成公主也曾在帕崩岗居住过,帕崩岗坐拥拉萨高地,俯瞰全城,这块清静之地,实为风水宝地。

吉崩岗寺

　　吉崩岗——意为"供奉宗喀巴大师塑像的地方"。据传 18 世纪初,这里曾建起一座五层楼高的佛塔,塔内装有宗喀巴大师塑像十万尊(宗喀巴是藏传佛教格鲁派的创立者)。19 世纪,佛塔被拆除,塔内装藏的塑像,均供奉在街道中央修建的一条长长的玛尼墙上。在佛塔的废墟上,新建了一座三层楼高的寺庙,寺内供奉一尊二层楼高的泥塑强巴佛像,周围供奉宗喀巴大师泥塑像约十万尊。这就是吉崩岗小庙和黄色的玛尼墙。吉崩岗的名称就由此而来,"吉"为"吉宗喀巴"(藏语音译)的简称。

铁崩岗的小巷

　　而今吉崩岗虽变成一社区,但一提到吉崩岗,大家都知道它是供奉宗喀巴大师塑像的地方。如今,曾经辉煌的吉崩岗小庙就隐藏于小昭寺路大门2号院内。在它的周边,还修建了吉崩岗小学,以及商贸市场,成为一繁华之地。

　　铁崩岗——意为"炭灰堆积的地方"。铁崩岗的"铁",藏语为炭灰的意思;"崩"有堆积的意思。以前,这里处于拉萨城市的边缘,城里人烧过的牛粪、炭灰等杂物被运输出城,堆积在这里,久而久之,就成为今天的"铁崩岗"——炭灰堆积的地方。铁崩岗只是一个代名词,这里也曾有其他的名字:向阳社区居委会、康多卓阿社区居委会。至于从什么时候起有铁崩岗这个称谓,社区里许多人都说不上来。铁崩岗市场

八廓街的古建大院

曾经是骡马、毛驴的主要交易地。过去，从翁堆兴卡市场到铁崩岗市场的整个街区，都被马、骡子、毛驴等牲口挤得水泄不通。而翁堆兴卡市场，过去主要买卖家具、服装和干果，日出开市，日中停市，营业只有半天时间。拉萨有句谚语：翁堆兴卡的早市，匆匆忙忙只有一早晨。随着时代的变迁，铁崩岗和附近的翁堆兴卡都成了拉萨有名的大市场。同时，历史上著名的拉萨帕拉府就在铁崩岗，铁崩岗以前有许多老院子，也包括帕拉府，但现在有部分不符合现代城市规划的已经拆除，建成新的居民大院了。

萨坡岗——"萨"，土的意思；"坡"，平地上凸起的一块地方。如今萨坡岗的名字在人们的言谈中渐渐淡去，却也是许多人路过经常可看见的地方，它就在大昭寺的斜对面，如今的古城派出所这一块。据说18世纪，地位显赫的多仁·班智达家族就居住在这儿。曾经的四大家族（格喜大家族、夺卡大家族、吞巴大家族和桑珠颇章大家族）的府邸也都在八廓街里，从一个侧面反映了八廓街的繁华和重要性。

除了这四大岗，拉萨古城里其他可寻幽访古的地方还有很多，比如八廓古城。绕大昭寺一圈的转轻道被称作八廓街，是拉萨著名的商业中心。而以八廓街为中心形成了八廓古城，手工打磨的石块铺成的街道，老式的藏房建筑，街心的巨型香炉，仿佛都在为你讲述高原的古老传奇。这里的29处重点文物和56个古建筑大院，完整地保存了老拉萨的传统风貌和居住方式，更是诉说着西藏社会从古至今发展的缩影。

在拉萨，你可以沐浴着午后阳光，慢慢地走，慢慢地看，如品尝酥油茶一般，仔细去品读它的古老传说。

品尝藏餐

在经历了都市的繁华和浮躁之后，西藏是一个能让人身心放松、回归自我的地方。但真正要到西藏来，却需要一定的决心和勇气，除了让人谈虎色变的高原反应，藏区艰苦简陋的食宿条件也是让众多朋友畏惧的因素。

不过一方水土养一方人，作为藏族绵延千年的聚居地，西藏也有属于自己的特色美食，正如北京的豆汁儿、南京的活珠子、西安的肉夹馍、成都的麻辣牛肉等，深入到拉萨的街角巷尾，你也能吃到很多让你印象深刻的藏餐。在拉萨，藏家餐馆到处都是，店主也非常热情，即便在一个露天搭建的小棚子中，你都能喝到正宗的酥油茶，吃到正宗的藏面。

先说说西藏最出名的饮品——酥油茶，到了西藏不喝酥油茶就跟到了海边不吃海鲜，到了重庆不吃火锅一样让人遗憾。酥油茶早已经在文学作品中被描绘成西藏的名片。酥油是从牛奶、羊奶中提炼出来的黄油，因系土法制造，内含各种成分，营养也更为丰富。在熬好的砖茶中加入酥油和盐巴，反复搅动，慢慢就会有一种油茶的味道散发出来，有的还会在酥油茶中加入不少葡萄干、鸡蛋和核桃仁之类的辅料，

酥油茶

酸奶

这样做出来的酥油茶口感更有特色。

在西藏,饮茶也如用餐一样,讲究先长后幼、先宾后主。藏族有句谚语:"是仇人也不要只倒一杯茶。"说明忌讳客人只喝一杯茶。饮茶时不能太急、太快,不能一饮到底,要先轻轻地吹开茶上的浮油,分饮数次,绝对不能发出呼呼的声响。喝完茶后,碗底要留一点儿茶,表示礼貌,刚开始我们担心浪费,临走前都将酥油茶一饮而尽,殊不知却有违当地风俗。

除了酥油茶,酸奶也是高原上的常见饮品。西藏酸奶不同于我们平日里喝到的酸奶,它是由牦牛奶发酵而成。藏式酸奶分为两种:一种叫作达雪,是用提炼过酥油的牛奶制作而成的;另一种是用没提炼过酥油的牛奶制作而成的,叫作俄雪。与一般酸奶的口感相比,西藏酸奶多了一层厚重感,喝下它如同吃下西藏湛蓝纯净的天空上点缀着洁白的云朵,产生无法超越的美妙感受。酸奶是牛奶经过发酵作用的食品,营养十分丰富,也易于消化。高原上的牧民,从事野外工作的人,常年可吃到物美价廉的酸奶。不过初次品尝的人总觉得西藏酸奶太酸,要加不少白糖才能下咽。

藏　面

　　如果说酥油茶、酸奶是藏族人民最常喝的饮品,那么藏面就是藏族人民最常吃的餐食。也许,和外地人想象的不一样,西藏并非只会生长青稞,藏面也不是青稞制品,而是以本地出产的小麦为原料制作。这种用西藏小麦制成的面条比内地的面条粗了两三倍,搭配着浓碱水加上大骨头汤制成的汤底,再加入牛羊肉丁、熟菜油、葱花拌着吃,如果再配上一碟酸萝卜,就是藏族人民最喜爱的一顿简餐。这样的面条吃起来韧性十足,不过也有很多外来人觉得这种面条有些夹生,而吃惯了藏面,则会觉得其他面条太软太细,没有嚼劲。藏面的精髓,还在于它的汤,清清淡淡的肉汤,加上少量的盐和葱花,就成了一碗难得的美味。喝进嘴里,又热又香,令人回味无穷。

　　藏族人家的传统主食是糌粑,其原料为青稞或豌豆炒熟之后磨成的面粉。糌粑营养丰富、味香耐饥、携带方便且易于保存。一般分为"乃糌"(青稞糌粑)、"散细"(去皮豌豆炒熟磨成)、"散玛"(豌豆糌粑)、"白散"(青稞和豌豆混合磨成)四种。牛羊肉则是藏式肴馔中的主要原料。藏餐中的牛肉以高原牦牛肉为主,而羊肉大多是绵羊肉。牦牛肉肉色鲜红,肉质细嫩,味美可口,脂肪含量低,蛋白质含量高。人们常说的风干肉,指的是风干牛羊肉。随着时代的发展、生活水平的提高和人们口味变化等因素带来了新的需求,风干肉的种类越来越多,制作者在制作时放进不同的调料,便可做出不同的风味。

在藏区走的地方多了你还会发现,藏餐受中餐、尼泊尔餐、印度餐的影响不少。比如青海的藏餐除了有藏族特色外,也融入了中餐的西北菜风味。而较靠近尼泊尔、印度的西藏南部地区,藏餐中也有用咖喱烹饪的食物,比如拉萨的咖喱饭等。

藏　餐

藏餐主菜以牛羊肉为主,制作方法有很多种,如煮、烤、蒸、炒、炖等,这些制作方法内地也较常见。但有两种较为独特的制作方法却是其他地方所没有的:其一名为"夏卜钦"(生肉酱),选用无油牛肉(比如牦牛后腿上的肉)为原料,将其剁成馅拌上辣椒酱,放入少许花椒、盐水及野蒜末,味道鲜美;二是血肠,在屠宰牛羊时用新鲜的牛血或羊血混合少许糌粑和切碎的内脏、油等,加上盐和调料灌入清洗过的小肠而成,煮熟即可食。夏卜钦和血肠都是藏族人十分喜爱的食品,但因颜色、口味与其他牛羊肉制品相差较大,很多内地人到了西藏,却有点不敢动筷子。

当然,要说西藏的美食还有很多,要想领略它的美味,您还得亲自到高原来。

餐桌上的变迁

前面说了藏餐,其实随着时代的发展,目前在拉萨市区,餐饮品种已经十分丰富,可以说全国各地多数菜系,在拉萨都能找到。比如说,市区五岔路口、二环路,还有远一些的贡嘎机场一带,是大盘鸡、肉夹

五岔路口的烤串与三炮台

馍、手抓羊肉等西北美食的聚集地；在天海路、当热西路，似乎是川菜、湘菜的天下，仅火锅就不下七八种，热气腾腾让人垂涎欲滴；而在德吉路、北京西路一带，还能找到粤菜、京菜、上海

煮牛羊肉

菜、云南菜……不能说应有尽有，不过各地方来的人都能找自己的家乡菜，大快朵颐一番。

　　而要在早些年，提起西藏有些什么吃的，可能就只有糌粑、酥油茶、牦牛肉……也就是传统的藏餐。藏餐是西藏菜的统称，具有代表性的是烧牛羊肉、糌粑、酥油茶和青稞酒，在林芝等地区还有石锅鸡、菌菇汤等。藏餐原料以牛、羊、猪、鸡等肉食，以及土豆、萝卜等少量蔬菜为主。青藏高原食材种类稀少，加上交通不便运输困难，大家也只能当地有什么吃什么。菜篮子里花样少，这也使得传统藏餐品种有限，牛羊肉、糌粑、酥油茶这几样既是主食也是美食。内地常见的蔬菜、水果，早年对西藏普通群众来说算得上是奢侈品，逢年过节才有少量供应。

　　在拉萨听上了年纪的人介绍，很长一段时间里，大家公认在西藏最吃香、最令人感到骄傲的职业是长途汽车司机。虽然每次开车进出西藏要一两个月，常年不着家，旅途艰险劳累，但借着工作的机会，可以从内地夹带一些水果蔬菜肉食上高原，于是他们就成了姑娘们喜欢、大叔大妈夸赞的"能干人"。

　　还有一个流传甚广的段子，十多年前飞拉萨的航班主要集中在成都机场，有经验的人在机场一眼就能认出哪些是飞拉萨的旅客。因为往内地其他地方去的人，只拎着公文包或少量的行李；往拉萨来的，都

现在的拉萨农贸市场

背着大大的双肩包，有时脖子上、腰上还缠着香肠、黄瓜……进出一趟高原不容易，大家都可劲地往拉萨带点蔬菜、咸货来改善伙食，托运的行李已经超重了，随身的双肩包也塞不下，只能把这些东西缠在腰上，挂在脖子上，甚至绑在裤腿上，成了奇特的"高原服饰"。而这些蔬菜、咸货带上高原后，很多人家还不舍得全部自己吃，要送一些给同事、朋友，大家也都当作很珍贵的礼品。

为了让餐桌丰富一点，当年在拉萨市区，干部职工家家都想方设法在院子里弄个小菜园，养几只鸡，种点萝卜青菜。一位早年在西藏日报社工作的朋友回顾往事：年轻时刚分配到拉萨工作，又赶上在报社值夜班，等不到天亮，几个小伙子早已经饥肠辘辘。于是大家就打起了人家小菜园子的主意，知识青年成了"梁上君子"。虽说只是拔几个萝卜，摸几只鸡蛋，可"地主"家也没多少余粮，人家不能不防，于是有人偷鸡蛋被关在鸡窝里，有人翻墙头被挂在大门上……闹出了不少笑话。

随着青藏铁路的开通，青藏、川藏公路通行条件不断改善，如今物资进出西藏方便了许多。而科技的进步，更让西藏的农业生产水平大幅提高。现在拉萨的菜场，什么样的食材都有供应，菜篮子里东西多了，做什么菜也都不稀罕了。饭店里，无论是淮扬菜里的松鼠鳜鱼、清炖蟹粉狮子头，还是粤菜中的菠萝咕噜肉、蚝油生菜、老火靓汤……八方佳肴也都能烹制。

因为食材、调味品品种极大丰富，传统的藏餐也进行了一定改良，更加适应内地客人的口味。以菌菇类为例，西藏林芝一带盛产各种菌菇，尤以松茸著名，如今就发展出煎、炒、炸、炖、酱、卤、蒸、焖等各种做

游客品尝藏餐

法,及烤松茸、松茸鸽子汤、松茸排骨汤、松茸石锅鸡、雪莲子松茸烩豆腐等各类佳肴。

　　餐桌上的变化,折射了时代的变迁。相信,拉萨的"菜篮子"会越来越丰富,生活在高原上的各族群众,可以品尝到更多各地的美食。

感　悟

　　在西藏拉萨生活了一段时间，见多了蓝天白云，牦牛青稞，神山圣湖……此时，你的认识有了哪些变化，思想又起了什么样的波澜？在这座高原古城，强烈的日光，仿佛能穿透肌肤，直达人们的内心。

最爱高原格桑花

　　藏族是一个爱花、爱美的民族,他们一年四季与鲜花相伴。在拉萨,鲜花和阳光犹如一对姐妹,把这座城市装扮得鲜艳而又美丽。很多游客来到拉萨,也都想看一看高原的格桑花。

　　格桑花声名远扬,但很少有人知道格桑花是一种什么样的花。来拉萨后我发现,不少藏族同胞习惯把翠菊叫作格桑花。传说元朝建立后,蒙古人把翠菊种子带到西藏,那时候,翠菊在寺院和很多人家种植盛开,很受欢迎。"格桑"在藏语中完整的说法是"格巴桑布","格巴"意为世代,"桑布"就是昌盛的意思,连起来是"世代昌盛"的意思,寓意幸福,于是人们就给翠菊取名为"格桑花"。翠菊喜欢阳光充足的环境,怕

格桑花

"张大人花"

高温多湿,怕通风不良,西藏高原正好是适宜它生长的地方,因此它在西藏代代相传,盛开至今,传递幸福。

还有很多人把西藏遍地盛开的"张大人花"当作格桑花。所谓的"张大人花",学名叫波斯菊,也属菊花科。关于"张大人花"的花名由来,藏族作家阿来这样描述:西藏处于高寒地区,在拉萨,原本极少有树木花卉,且品种单一。驻藏大臣张荫棠入藏时曾带入各种花籽,试种后,其他花籽无法生长,唯有一种花籽长出来呈八瓣形,且耐寒,花瓣美丽,颜色各异,清香似葵花,果实呈小葵花子状。一时间,拉萨家家户户都争相播种,然而谁都不知道此花何名,只知道是驻藏大臣带入西藏的,因此起名为"张大人花",相传至今。当时,西藏通晓汉语的人很少,而会说"张大人"这个词的藏族同胞却大有人在。由于拉萨终年阳光灿烂,光合作用充分,"张大人花"高者可达两米,绿叶修长,每株可开花几十朵,且久开不败。如今,"张大人花"成了高原上一道美丽的风景,布达拉宫高高的石阶两侧、宫墙脚下,拉萨河畔的滨河长街上,"张大人花"花株之间就像接力赛,密匝匝开满一路,它也常常被人称作格桑花。

在与藏族同胞进一步交流中我发现,他们口中的格桑花有时似乎并不是一种特定的花。在藏语中,"格桑"是幸福的意思,"梅朵"是花的意思，而藏族同胞习惯把叫不上名字或颜色鲜艳的花，都称为"格桑花"。除了翠菊、"张大人花"，被称为格桑花的有时还有高原杜鹃、雪莲、金露梅、蜀葵……它们不惧高原的恶劣气候，在哪落脚就在哪生长，高兴开成什么颜色就开成什么颜色，安安静静地盛开，在雪域高原绽放幸福和美好。

　　这个春天我去尼木县，在路边山野，一片一片盛开着一种紫色的花。在这苦寒之地，恣肆生长，即使扎根的土壤已干燥龟裂，它们仍然开得如火如荼。当地藏族人称之为"甲巴"，有外来的姑娘称之为"藏式薰衣草"，而普罗旺斯、北海道的薰衣草，怎能抗得住雪域高原的极端严酷气候？与之相比自然逊色很多。请教植物专家，得知这种紫色的花正式名称叫砂生槐，俗称狼牙刺。能在西藏的春季顶风冒雪，又不畏初

狼牙刺

夏的干旱少雨,日光曝晒,这也
是能带来吉祥的格桑花。

我常常想起故乡的那些花
儿,奶奶喜养月季,爸爸爱种虞
美人,幼时的我则喜欢晚饭花。
晚饭花就是野茉莉,因为是在
黄昏时开花,晚饭前后开得最
为热闹,故在我们那儿又名晚
饭花。乡贤汪曾祺在名为《晚饭
花》的小说中写道:"晚饭花开
得很旺盛,它们使劲地往外开,
发疯一样,喊叫着,把自己开在
傍晚的空气里……"幼时喜欢
晚饭花,是因为随便一个枯萎
的花蕊里,都能找出黑色的种
子,来年春天将种子洒在地里,
便又"发疯一样,喊叫着,把自
己开在傍晚的空气里",它给不
擅侍弄花草的我的童年,也平
添了许多瑰丽色彩。而来到拉
萨后,我在一些藏族同胞家里
又看见了晚饭花,心中顿时有
了他乡遇故知的欢喜。野茉莉
和高原上的翠菊、波斯菊等种
种花儿一样生命力旺盛,它就
是我们的格桑花。

如是看来,凡是不艾不怨,

藏族人家的晚饭花

藏族人家的窗台

坚强忍耐,越能适应环境的植物也越自由自在,它们努力绽放的花儿
也就越惹人喜欢,成为人们的"格桑梅朵"。为人处世,工作生活,何尝
不是同样的道理呢!

胸有凌云志，无高不可攀

刘志群老师工作照

进藏一年，在高原上也接触了不少新老朋友，而有这样一群年长者，给我留下了难以忘怀的印象，也给了我很多激励和启发。

这一年来我在西藏有幸认识的长者当中，年龄最大的要数刘志群老师。刘老师 1940 年出生，是我们江苏启东人。1965 年他从中央戏剧学院毕业后，自愿进藏工作。他在藏五十多年，改编了大型传统藏戏《诺桑法王》，新编了《唐东杰布》等 10 余部藏戏剧作，作为主要撰稿人编写了 80 多万字的《中国戏曲志·西藏卷》，出版了《西藏艺术》《中国藏戏史》等大批专著。今年初我登门拜访，老人家面色红润，声音洪亮，用一口浓重的南通方言向我们介绍，他正在负责编纂《西藏自治区志·文艺志》，还有《藏戏艺谭》《藏戏与藏俗》《雪域祭祀文化艺术》等一批专著即将出版。

而就在拜访过刘老师不久，我又在拉萨见到了从家乡江苏高邮来的知名摄影家张元奇老先生。张老先生生于 1936 年，比刘志群老师又长了 4 岁。而他在 81 岁高龄那年,在家人陪伴下登上高原,并坚持进行摄影创作,据说这么做是为了圆他老人家长期以来的一个"梦"。起初我以为,这只是子女为满足老人心愿的一次"孝心之行"。在西藏进行风光摄影免不了要爬高就低、舟车劳顿,老人家年高体弱,比不得年轻摄影师,走动攀爬都应适可而止,知难而退。这样来看,他的摄影作品的质量多少会打些折扣,降些水准。然而近日张老先生专程将在藏拍摄的作品寄来给我欣赏,才让我大开眼界,大吃一惊!

张老先生寄来的藏地作品被整理成"银色世界纳木错""雪山高处不胜寒""神山无处不飘幡""绝美冰川然乌湖""快车穿越通天路"等 12 个文件夹。打开文件夹赏看,每一幅照片都可以说是精品,丝毫不逊色于那些专业藏地摄影师的创作。而从一些作品的视角可以看出,

山那边(张元奇摄)

为了拍摄它们,耄耋之年的张老曾经在冰天雪地跋涉良久,在氧气稀薄的雪山上勇猛攀登,在寒风刺骨的天湖边静静守候……

在圣城拉萨街头,在西藏各大景区,胸前挂着长枪短炮,时不时咔咔直按快门的摄影师、摄影爱好者比比皆是。可像张老师这样以耄耋之年,坚持亲上高原,攀上冰山险峰,身临雪域天湖,创作出一流作品的,则是凤毛麟角。宁移白首之心? 不坠青云之志! 张老真可谓老当益壮。

"莫道桑榆晚,为霞尚满天。"而在近期工作中,我又有幸在拉萨先后了解了叶星生、余友心两位藏地画家的故事。他们一位生于 1948 年,一位生于 1940 年,两位至今仍坚持在西藏进行绘画创作。叶星生老师在独创"西藏布画"后,又融合唐卡、油画等创作技法,在壁画等诸多方面开展创新研究。余友心老师以画言情,运用他特有的技巧手法去捕捉西藏的清幽纯净、雄奇庄严,觅西藏之大美,他目前还在积极筹

与叶星生先生合影

备自己的"八十画展"。

　　这几位老先生,论起他们的艺术成就和为人风范都是人中翘楚。难能可贵的是,他们以白发之年,仍挺身在世界第三极,在世界屋脊上昂首致远、勠力前行。低压缺氧,恶劣环境让一些年轻人都望而生畏,却被他们任性地踩在脚下,不屑一顾!俗话说:胸有凌云志,无高不可攀。他们攀上的不仅是世界最高的高原,也攀上了自己生命的高峰!他们这种藐视困难,敢于挑战,锲而不舍,追求完美的精神,实为我辈楷模!

散步走四方

　　专业人士建议,内地人在高原不宜剧烈运动,于是晚餐后散步便成为我们多数援藏干部的主要锻炼方式。散步,有人喜欢每天沿着固定线路走,有人则喜欢隔几天换换路线,看看不同的风光,我便属于后

冬季江苏大道一侧

拉萨圣地天堂洲际酒店夜景

一种。以我们的居住地纳如路为起点,往东南西北四个方向行走,可领略不同的风景。

纳如路是紧挨着江苏大道的一条小道,位于拉萨东部新城,历史上这里是拉萨城的东郊,当时主要是农田和荒地,这几年已经建设成现代化的新城区。大家走得最多的路线,便是沿着江苏大道一直向东,这条道路宽敞,车少,绿化也好,两边都是新建的大楼,有拉萨规划馆、产权交易中心、群众艺术馆、会展中心等。一直向东,就走到拉萨圣地天堂洲际酒店门前的广场。多数时候,广场的绿化带里都有鲜花盛开,晚上,灯光喷泉十分迷人。如果想走得再远一些,就往南兜上一小圈,还能看一看西藏自然科学博物馆和新西藏大学。

连通纳如路南北向的主要道路名为热嘎曲果路,沿着它往南,就走到了塔坞社区安居苑。塔玛社区原为塔玛村,原先这里地处城乡接合部,是偏僻贫困、思想落后的"冲啦村"(落后村),现在已经蝶变成乡风文明、生活富裕的"红旗村"。通过大力发展服务业,塔玛社区集体经济收入五年翻了一番,居民每人每年分红达 5000~8000 元,社区党支部书记格桑卓嘎也被选为全国人大代表,受到党和国家领导人的亲切接见。

再往南，就到了拉萨河边。拉萨河是拉萨的母亲河，原先河边长满杂树杂草，少有人迹。现在，拉萨正在大力打造滨河风光带，沙石河堤，很快将改建成平坦整洁的沥青路面；杂树杂草，也将变成鸟语花香的滨河绿地；河畔荒地上一幢幢高楼正拔地而起，展示着拉萨新貌。

沿热嘎曲果路往北，原先到纳金路就到头了。现在随着拉萨环城路网的建设，热嘎曲果路也进行了北延，一直连通北环。在北延路的两边，建起了高档小区天峰吉祥苑。散步往北走，同样能感受到这里城市面貌的不断变化。

纳如路地处拉萨城的东郊，远离八廓古城，因此往东往南往北，都没有什么可以说道的历史。不过往西走，穿过俄杰塘社区，还有嘎玛贡桑路的东段，就越来越接近古城，从这些地名也颇能考证出一些故事。

嘎玛贡桑名字的来历，可追溯到公元 1503 年前后，历史考证说：藏传佛教分为多个教派，这一地块原先建有一座噶玛噶举教派的贡桑图丹曲科寺，以在拉萨抗衡格鲁教派哲蚌寺、色拉寺、甘丹寺的势力，

尚未改造的嘎玛贡桑路东段

噶玛噶举教派第六世噶玛巴活佛曾经住过此寺,从此此地被称作噶玛贡桑,道路也以此命名。

俄杰塘的来历就更加久远了。传说吐蕃赞普松赞干布离世以后,原供奉于寺院的释迦牟尼 8 岁等身像被带到拉萨东郊这块地方,风吹日晒,在露天放了七天,佛祖受累了,因此此地被称作俄杰塘(藏语"俄杰"为辛苦了,"塘"为野地)。

大概有点历史的地方,没经过现代化改造,就显得有些杂乱破旧,平时走这条路散步的人很少。然而我喜欢穿过窄窄的巷子,进入七拐八绕的老式居民区。这里的道路有的铺上了水泥,有的还是沙石路,车辆经过,便扬起很大的灰尘。不过看着路边小店制作传统的藏式家具,儿童们在巷子里奔跑嬉闹,还有家家户户屋顶的风马旗,这些都能让你感受到拉萨老城浓浓的烟火气息。

散步走四方,可以领略整洁现代的拉萨,也可探访沧桑未改的旧街巷,仿佛穿越时空长廊,更能感受到这座高原古城的历史变迁和前进的脚步。

一个"疯子"做了件"疯狂"的事

　　知名藏地摄影师、纪录片导演卡布(陈虎长)给我发来消息,他的纪录片《金丝野牦牛》将于 11 月 26 日在 CCTV-9(中央电视台纪录频道)播出。我由衷地为他高兴,更发自内心地敬佩他的勇气与执着。

　　从 2007 年到 2017 年,卡布差不多用了十年的时间,做成了这件

《金丝野牦牛》剧照

事。去年年底他刚结束拍摄，进入后期制作，我曾去他在拉萨的工作室，提前看了片花，也了解到拍摄工作的不易。正如他自己所说：这是"一个疯子带着一群疯子完成了一件疯狂的事"。

野牦牛是藏北高原最具特色的珍稀动物，藏语称其为"重"。其外貌与家牦牛虽然相似，但体格要大得多，是藏北高原所有的动物中最大的动物，体重可达千斤以上。野牦牛通常是黑色，而其中极少部分通体金黄，被称作"金丝野牦牛"，是这一珍稀物种中最难得一见的，据统计总量在 100 头左右。

卡布介绍，他第一次听说金丝野牦牛的存在是 2007 年，而第一次近距离拍摄到清晰的照片，已是 2009 年。从那时候起，卡布开始持续对金丝野牦牛进行观察，每年都会去阿里日土以东的无人区搜寻并追踪。2015 年，他才有了一个拍摄纪录它们的机会。然而拍摄难度之大，完全超乎了卡布的想象，也体现在多个方面：

一是超高的海拔，团队近 30 人，在平均海拔超过 5000 米的无人区持续工作，挑战生理极限；二是超烂的交通，那里就没有公路，所谓的路都是动物们沿着山脊走出来的，旷野中还遍布沼泽，车行其中危机四伏；三是超大的危险性，卡布本人在跟踪、观察和拍摄过程中六次被野生动物攻击，团队一些成员几乎是死里逃生；四是超难的后勤保障，尤其是油料供应、车辆维修、御寒防冻等；五是超广的拍摄范围，因为这种动物一天内移动的距离可以超过 50 公里，搜寻跟踪十分不易……

其实要总结下去，还可以有很多个"超"，而最终卡布和他的团队克服重重困难将这部纪录片拍摄成功，成了疯狂的"超人"。卡布说，支撑他逢山开路、遇水搭桥一往无前的力量就是："我爱金丝野牦牛，它们是这片土地真正的王者。"

卡布外形、言语都极像一位康巴汉子，却是地道的汉族人。他的父亲早年进藏区在理塘、巴塘一带工作，"卡布"这个笔名就缘于他当时

金丝野牦牛攻击摄影车(卡布 摄)

金丝野牦牛(卡布 摄)

居住的一个村镇的名字。1996年接触摄影后，他奔走于世界各地进行拍摄，成为《中国国家地理》杂志签约摄影师。而西藏始终是他挥之不去的情结，他最具代

卡布(陈虎长)

表性的作品就是用相机记录最真实的人文西藏，以及最独到的藏地风光。十多年时间里，他走遍了西藏的70多个县区。在拍摄了各种极美的图片后，他又开始了纪录影片的探索与创作，要为西藏这片土地留下最美的光影。

去年年底遇见卡布时，他说因为长期在高寒地区跋涉，膝盖伤病亟须手术。到今年夏天再见时，他又说因为忙于纪录片后期制作、播映等工作，手术仍未进行。这是一位为了远方理想可忽视身边所有困难与伤痛的"疯子"，祝福他能一直拥有康巴汉子般强健的体魄，继续在青藏高原上奔走，创作出更多"疯狂"的作品。

淡泊名利的"非遗"传人

　　非遗题材纪录片《发现拉萨》是我负责的援藏项目,在拍摄过程中,我们走访了西藏众多非物质文化遗产的传人,接触他们的工作与生活。神话故事里说:"天上一日,人间一年。"而与这些非遗传人相处,果真让我们有了时间被静止,岁月变缓慢的体会。这些传人日复一日、年复一年地坚持做一件事,滴水穿石,最终取得了令人叹为观止的成就。

　　采访中,我们首先认识了面壁八年、独自专心在布达拉宫内修复、

创作中的罗布斯达

临摹壁画的西藏唐卡画院院长、国家级非遗传承人罗布斯达。在布达拉宫的坛城殿内,很多珍贵壁画因年代久远,都出现了空鼓、起甲。为了保护受损墙体上的壁画艺

术,管理部门决定对一些壁画开展临摹保存、整修复原的工作。2005年,这项任务交给了罗布斯达,从此他开始了"面壁八年"的工作。

殿堂中的壁画,有些在一个巴掌大小的地方,往往汇集着众多比拇指还小的佛像和风景,笔触极其细腻,因此临摹一幅作品,常常需要几个月的时间。修复壁画的工作更加艰巨。壁画上描绘的内容大多是一个故事,很多画面已模糊不清,人物难以辨认。罗布斯达只能花费大量时间查阅经史典籍,逐步还原壁画原貌。而他历时八年修复、临摹的壁画,得到了专家学者的高度认可。罗布斯达也因此成为当代唯一一个在布达拉宫内修复壁画的唐卡画师,也是目前西藏唯一的壁画绘制技艺传承人。八年单调而枯燥的工作常人也许难以忍受,而罗布斯达说,在布达拉宫工作的每一天都是一种享受,更是一种荣耀,他丝毫不觉得漫长。

唐卡是极富藏族文化特色的一种绘画形式,自吐蕃王朝兴起至今已有一千三百多年的历史,是雪域高原的文化瑰宝。再来认识一位刺绣唐卡的非遗传人! 米玛次仁是国家级非遗"直贡刺绣唐卡"第六代传承人,他历时九年,也完成了一件壮举。

2004年,米玛次仁受拉萨当雄县羊八井寺的委托,制作一幅巨型

米玛次仁创作的世界最大唐卡

唐卡。他随之萌生了制作世界最大幅唐卡的念头。于是,他放下原先画室的生意,带着9名徒弟离开了拉萨,"隐居"到墨竹工卡县大山中的其玛卡村。他们在偏僻的山村里过着简朴的生活,日出而作,日落而息,埋头进行唐卡的创作。这期间,米玛次仁经历了多次"经济危机",甚至生活都出现了困难,但他一直咬牙坚持着。长期艰苦的生活、繁重的工作,他坦然面对,无怨无悔,还觉得特别充实、快乐。

历时九年,米玛次仁的创作终于完成了,他将作品命名为"直贡嘎举金锦宝串唐卡",内容由19尊佛像和12个动物图案组成。世界纪录协会认证结果显示:这幅唐卡高约120米,宽约85米,仅主佛像的手就有2米长,每个局部佛像都有一层楼高,总面积达10200平方米,远远超过了原先最大的堆绣唐卡"香巴拉彩绣大观",当之无愧地成为如今世界上最大幅唐卡!

不为人知的是,米玛次仁这幅世界最大幅唐卡的完成,吸引了社会上不少关注的目光。曾有人愿意出价千万来买下这幅巨幅唐卡,这对于当时经济已经十分窘迫的米玛次仁,不能说没有诱惑力。况且当初羊八井寺只是口头委托,没有签订正式的合同,也没有要求他制作世界最大幅唐卡,他完全可以另作一幅交差。然而,米玛次仁没有丝毫犹豫,没有一刻耽搁,随即就将"直贡嘎举金锦宝串唐卡"送到羊八井寺,只领取了20万元的报酬。非义之富贵,远之如垢污;不幸而贱贫,甘之如饴蜜。

近期我们正在采访的是拉萨古艺建筑公司的一位金属雕刻师傅旺堆。旺堆的师傅也是他的爷爷——中国工艺美术大师次仁平措。1986年他和哥哥开始跟随爷爷学艺。从1989年起,他跟爷爷、哥哥等古艺建筑公司的工匠一起,参与布达拉宫的维修工作。他们将布达拉宫灵塔殿楼顶的6座金顶全部翻新,修复后与原形完全一致,获得专家组高度评价,他的爷爷次仁平措也因此荣获"中国工艺美术大师"称号。

在没有重大文物维修任务的时候，这种传统的金属雕刻艺人就会有些"落寞"。平时他们主要为寺庙打造金铜佛造像，而这样的订单时有时无，很不稳定，大家的收入也十分有限。前些年，旺堆的哥哥离开了古艺建筑公司，去做金银首饰加工。能做金铜雕刻工艺，加工首饰自然不在话下。哥哥过硬的手艺赢得顾客的青睐，收入也明显提高。而旺堆却婉拒邀请，仍坚持留在了古艺公司，他认准一个理：爷爷的手艺，总要有人传下去！就这样，他长年累月在公司简陋的作坊里，敲敲打

旺堆在制作传统酥油灯

打，三十年如一日做着同样的事，安贫乐道，乐在其中。

对于来西藏旅游的人来说，壁画、唐卡、古建筑也许只是旅途中让你眼前一亮的景点。但当你仔细去了解它们背后的历史和故事，认识它们的传承者，你会更加珍惜这些艺术瑰宝，也会更加喜爱它们所传承的文化。

西藏唐卡画院

　　由是我也发现,世界上总有那么一群人,不急不躁,不温不火,一笔一笔去画,一刀一刀去刻,一针一针去绣,度年如日,水滴石穿,不知不觉,成就了世界最美丽的艺术、最雄伟的建筑、最高深的科学……也成就了最无悔的人生。

缅怀高原上的牺牲者

美丽的格桑花啊,您为何如此突然地凋谢!

一切都仿佛是一场梦,几日前还谈笑风生的您,

为何就这样丢下我们这群志愿者?

娘家人走了,

我们终成了无家可归的孩子……

前两天的微信朋友圈里,突然出现了这些文字,随即又出现更多的悼念文章。发这些朋友圈文章的,都是由共青团组织来西藏支边的大学生志愿者,也就是西部计划志愿者。而他们悼念的,是共

扎西卓玛牺牲的地方

青团西藏区委志工部部长——扎西卓玛。很多来西藏支边的大学生，都曾由扎西卓玛培训过，帮助过。然而就在前几天，卓玛部长下村工作，赶夜路时遭遇土石塌方，其所乘小车撞上迎面大客车，和同行的志愿者一起不幸遇难。这，让所有曾经和正在西藏工作的西部计划志愿者，都悲伤不已，他们用诗歌表达：

美丽的格桑花啊，

您可知道我们这些孩子是多么想念您！

白天再多强忍的欢乐，都无法抑制黑夜的到来，

黑夜掩盖着我们的脆弱，

让我们可以释放心中的悲伤……

黄轶花医生生前工作画面

因特殊的气候和地理环境，西藏在职干部因突发疾病、交通意外等原因殉职的，数量远高于其他省份。以驻村干部为例，为强化基层组织建设，西藏从自治区、市县下派干部驻守到乡村一线。乡村道路艰险，条件艰苦，缺医少药……据统计，近几年来仅这样的驻村干部就有上百位不幸殉职。

从内地到高原工作的援藏干部、医生、教师、专业技术人员等，也因各种原因，有人永久留在了高原上。就在刚刚过去的一年多时间里，仅医疗系统先后就有安徽滁州来的赵炬、江苏苏州来的黄轶花两位医生不幸长眠在这里。

然而，边疆总得有人守，危险总得有人扛，只要国家有需要，在每一个岗位上都会有人挺身而出。因为大家都能看到，没有白流的血汗，也没有白白牺牲。正是因为所有边疆工作者的辛勤努力，西藏才有了日新月异的发展与进步。

2017年，西藏地区生产总值，工业增加值，社会消费品零售总额，城镇、农村居民人均可支配收入增速均位居全国第一，这也是西藏首次五项经济指标增速同时位列全国第一。这离不开各级党政干部、经济战线同志，包括孔繁森、扎西卓玛、赵炬等牺牲者长期艰苦的努力。

西藏"十三五"卫生计生规划日前公布。根据规划，在 2015 年 68.2 岁的基础上，西藏自治区"十三五"末的人均预期寿命将达到 70 岁，比 1951 年的 35.5 岁提高了近 1 倍，显示出西藏卫生医疗事业巨大而全面的进步。这样的进步，也是我们苏州援藏医生黄轶花所希望看见的，去年她不幸倒在牧区流行病——包虫病的防治一线。

如今，青藏铁路已经通车，川藏铁路正在施工，西藏也正在修建更多更好的高速公路，天堑变通途，交通事故也将不断减少。"西行路上多忠骨，天路捷报慰英魂"。看见道阻且长的高原现在四通八达，当年为修建川藏公路、青藏公路牺牲的数千名解放军英烈，也可含笑九泉。

川藏公路烈士纪念碑

川藏、青藏公路纪念碑

西藏大学援藏教授，复旦大学研究生院院长，著名植物学家钟扬去年因车祸不幸去世。他说过："我坚信，一个基因可以为一个国家带来希望，一粒种子可以造福万千苍生。"我也相信，所有守疆卫边者的努力，都如同种子，可以在雪域高原上生根发芽，生长幸福。

在布达拉宫广场南侧，有一座建于 2011 年，为纪念西藏和平解放五十周年而建的纪念碑。在拉萨河畔，还有一座为纪念青藏、川藏公路通车三十周年而建立的纪念碑。纪念碑提醒我们勿忘先烈。在高原，环境总是用它险恶和不近人情的特有方式，去提醒我们思考生命的价值和意义，去触摸能力的极限，去感受奉献中的情怀。无论是有名的，无名的，还是曾一起并肩战斗过的牺牲者，我们都永远缅怀他们；我们也更坚信，因为这些付出和牺牲，西藏的明天会更美好。

侠客会客厅的"光盘行动"

　　一起到西藏支边的援藏干部，大家相互走动喝个茶聚个餐也是常事。不过，与从国土资源报社副社长岗位来援藏的徐志军一起吃饭，却是一种特别的体验。

笔者在"侠客会客厅"合影

央视采访徐志军

刚到拉萨时，便常常看到徐志军在微信群内发出邀请："@所有人，今天晚上7点，侠客会客厅举行第N场集体'光盘'挑战，欢迎有档期的援友前来一聚，欢迎呼朋唤友，欢迎举家携眷，地址……"于是，大家接龙报名，通常半个小时，10～12个名额就满了。大概是进行到10多次时，我才眼疾手快报上了名，第一次体验侠客会客厅的"光盘行动"。

所谓侠客会客厅，便是徐志军的住处。为了当天的"光盘行动"，他清早上班前上菜场买菜，下班后又自任大厨上灶掌勺，张罗出一桌饭菜。而受邀的各位援友，只管饭来张口，但要遵守会客厅的约法三章：一是饭菜不剩，吃光喝光不许浪费；二是喝酒不劝，酒水随意自斟自饮；三是发言不漏，每人都要讲一个自己亲历的故事。这"光盘"与通常的饭局是不是大不一样？更像一群年轻人的派对，让一众中年大叔也变年轻了。

"光盘行动"自2013年起成为一场全民行动，而关注徐志军的新浪微博"@公民徐侠客"可以看到，早在2012年4月22日他就提出了"光盘"。当天，他在媒体上看到一则关于粮食浪费现象的报道，心中感触颇深，随即在微博上发出了"光盘"的号召，并配上了自己吃饭"光盘"的照片。此番行动开始并没有引发社会关注，但徐志军仍坚持每天在微博上"晒"着"光盘"。2013年1月，在党中央制定出台八项规定，倡导厉行节约反对浪费的大背景下，当徐志军再次在微博上倡导"光盘行动"时，引起中央领导的重视，也得到了一些知名人士及广大网友的积极支持和响应，随后"光盘行动"这个词传遍大江南北，成为一场全民行动。

从 2016 年夏到现在的两年时间,徐志军的"侠客会客厅"在拉萨也已声名远播,会客厅的"光盘行动"已经达到 90 多场,来参加"光盘"的有上千人次,很多人慕名而来,据说最多时一晚上来了近 30 人。当年因为"光盘行动",徐志军一度成了"网红",现在他援藏担任西藏国土资源厅副厅长,工作可谓十分繁忙,这"光盘行动"也已经开展了六七年,怎么现在还要抽出时间,坚持不懈地自己买菜下厨,免费请人吃饭呢?

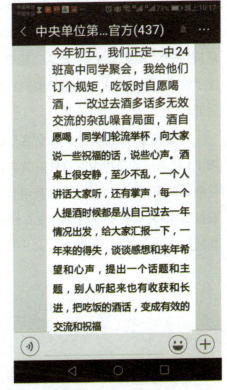

援友微信交流春节回乡感受

答案在这里:微博上"晒光盘"的六年一个月后,也是徐志军到西藏的一年多之后,他在微博上这样说:"一个人'光盘'容易,一群人'光盘'难。西藏有个侠客会客厅,挑战的都是集体'光盘'。我们会继续将'光盘'进行下去……"中国有谚:在家饿得哭,出门不吃粥;也都说中国人爱面子,朋友一起不能"抠抠唆唆","徐侠客"现在要倡导的,就是一群人聚餐的场合,也能坚持不浪费,不乱讲排场。直到现在,徐志军身边既不乏加入他发起的行动的人,也有一些不能理解他的人,有时他把自己比作一个寂寞的修行者。

不过,这位修行者并不寂寞,西藏的侠客会客厅真的影响了不少人。就在这个春节,有一些援友回乡与亲友团聚、与同学聚会也提出了侠客会客厅的"约法三章"。

饭菜不剩、喝酒不劝、发言不漏,这样的餐会让大家更觉充实与文明。在侠客会客厅,徐志军还让大家体验钟南山院士提出的吃饭"二八原则",就是饭菜总量事先控制,二分荤菜,八分素菜,健康饮食。这样坚持"理性'光盘'、自觉'光盘'、轻松'光盘'",不仅杜绝了浪费,还促进了健康。大家将这一原则贯彻到日常生活中,脂肪肝等一些"吃出来的毛病"也不知不觉被赶走了。

就这样坚持着,拉萨侠客会客厅的挑战"光盘"行动马上就要100场了!徐志军的微博中有这样一首诗:"你有你的挥霍,我有我的节约。你嘲笑我不自量力蚍蜉撼树,我可怜你暴殄天物自掘坟墓;你可以说我抠抠唆唆,但我会证明努力就有结果。"这首诗,便是侠客会客厅给我的最大的感悟与收益吧!

老西藏精神

　　来到西藏，就常常听见人们提起"老西藏精神"，它包括"特别能吃苦、特别能战斗、特别能忍耐、特别能团结、特别能奉献"这五条。吃苦、战斗、团结、奉献都能理解，也都有些感悟，唯独这个特别能忍耐，却又是忍什么，耐什么呢？

　　在央视《出彩中国人》第三季的舞台上，一个节目让所有观众都湿了眼眶。节目中，来自清华大学上海校友会艺术团，一群平均年龄 72.3 岁的清华"学霸"献唱《我爱你中国》。这是一个由高级知识分子组成的

《出彩中国人》上的老专家合唱团

团队,他们大多为国家的科技事业奉献了一生。比如程不时先生,已经87岁高龄,是中国第一代大飞机运-10的副总设计师,同时也是大飞机C919专家组的成员;张利兴将军,1965年清华大学毕业后,就来到新疆马兰核试验基地,一直工作到退休。他们当中很多人"干的是惊天动地的事,做的是隐姓埋名的人"。如今,团员们虽已白发苍苍,当他们演唱《我爱你中国》的时候,却个个神采飞扬,激情澎湃。这不是歌唱技巧展示,而是他们发自内心的情感流露!一曲唱毕,不仅观众们备受感动,评委、主持人更是感动到流泪:"看到他们,才知道中国为什么会有这样的成就,中国今天为什么能够昂首挺胸地站在世界舞台上。"

中华人民共和国成立初期的西藏建设者

"干惊天动地的事,做隐姓埋名的人"这番自白体现了老一辈科技工作者的崇高精神,似乎也回答了我的疑问,它体现出了老西藏精神中的"特别能忍耐"的含义。西藏和平解放以来,一桩桩民生工程付诸实施,街道、村庄面貌日新月异,藏族同胞的生产生活发生了巨大的变化,可以说是改天换地、翻天覆地。而长期献身边疆,支援西藏建设的老前辈、老同志们也都是"干改天换地的事,做隐姓埋名的人"。

来自江苏灌南的周春来,1978年从江苏农学院毕业后,自愿进藏担任自治区农科院农科所育种组技术员。在藏工作几十年,他长期从事农业科研、农技推广和农业管理工作,先后主持完成省部级重点农业科研和农业技术推广项目20多项,荣获国家科技进步三等奖一项,省部级一、二、三等奖10项,四等奖2项,拉萨市科技进步一、二等奖6项,自治区农业技术推广奖4项。

羽芊,1999年从内地来拉萨定居,此后开始创作西藏题材的文学

在金勇的花卉谷

作品,已经发表的小说有《藏婚》《玛尼石上》《大藏北》和历史小说《金城公主》等。她用自己的镜头和文字,记录着这片灵川秀水,也记录着内心对这片高天厚土的感受。为了获取第一手的写作素材,羽芊专门去西藏大学学习藏语,翻阅藏文资料。在街头听当地老人讲故事,去乡村调研。而她的丈夫金勇,在西藏自治区农科所干了大半辈子农业科技工作,现在退休后仍留在拉萨,包下一个山头要打造拉萨花卉谷。目前已经尝试种植了近十亩各种鲜花,不仅有西藏常见的格桑花,还大量引入鲁冰花、玫瑰花等藏区少见的品种,光培育的各种向日葵就有六七种。用他自己的话说:因为喜欢这片土地,喜欢这里的人,因此要将更多美丽带给这里。

像周春来、羽芊、金勇他们这样远离故土,埋头在雪域高原默默耕耘的人还有很多很多。1994 年 7 月,党中央、国务院在第三次西藏工作座谈会上提出:"决不能让西藏从祖国分裂出去,也决不能让西藏长期处于落后状态。"全国再次涌起了"关心西藏、支援西藏"的滚滚浪

孔繁森同志之墓

潮。与当年这些老专家、老前辈一样，一大批干部人才告别家乡，告别亲人，从全国各地赶赴雪域高原，在祖国边疆建功立业，默默奉献。援藏干部的楷模孔繁森、"米面油"书记刘道新、"铁腿"书记陈秋雄、新时期援藏干部楷模周广智……这些名字背后的感人故事，无不体现着他们深厚的民族情谊和那份家国情怀。

守正笃实，久久为功。老一辈科技工作者的歌声鼓舞着我们，援藏工作前辈的先进事迹激励着我们。与内地相比，西藏现在仍然生活清苦、环境艰苦、工作辛苦。在这样的环境、条件下生活、工作,需要有维护团结稳定的觉悟,需要有不怕艰苦战天斗地的豪情,更需要有甘于寂寞乐于奉献的精神,这才是薪火相传、生生不息的"老西藏精神"的全部内涵。

难忘的父亲节

　　来西藏后，各种节日多了许多。雪顿节、望果节、仙女节、燃灯节、藏历年、萨嘎达瓦节……加上内地原先就有的各种传统节日，以及年轻人时兴的各种洋节，几乎每个月都能数出两三个来。星星多了，眼睛对每颗星的敏感度就会降低；节日多了，你想盛装出席隆重对待的念头也会淡却许多。然而，这个 6 月的第三个周日，却是令我感慨最深的一个节日——父亲节。

　　首先是早晨在微信群里，读到一位援友怀念父亲的文章。在这位援友的成长记忆中，幼小时是那么依恋父亲，喜欢抱着父亲的腿仰望他；有时与妹妹吵架，只要父亲拎起包佯装要走，兄妹俩就吓得要死，大气不敢出一声；和父母一起看电影，一家四口牵手走回家，"看着夕阳下四人的影子，两长两短，心里想哪怕世界毁灭，只要四人在一起，也不怕"。然而记忆并不都是美好幸福的，从他上初中起，因为中风，他的父亲性情大变，这位 20 世纪 60 年代南京大学的高才生，变得脾气乖张，怨气冲天。他的父亲中风三次，性情也一次比一次糟糕，这也如他在文中所说："在我心中，父亲不是一次死去的，而是死了三回。"家庭变故也深刻地改变了这位援友，高中他放弃了擅长的理科，坚持选择文科，因为他要"弄明白这个社会，找到我父亲变化的原因"。

而后在朋友圈，又陆续读到多篇怀念父亲的文字。专栏作家石述思在文中说：父亲给他儿时留下的最深刻记忆是，手持扫帚，脚穿拖鞋在家属院窄窄的通道上"追杀"他的场景。他的父亲出生在贫寒的小山村，靠着坚韧不拔的毅力，一路拼搏上了重点大学。这样的父亲自然希望儿子也能拼命学习，也因此拿着扫帚，一路追赶着儿子，直至将之赶进重点大学。因此，早年石述思与父亲感情淡漠，甚至是"冷战"了四十年，直到他将父亲安葬进墓园，让"父亲"这个名词从此变成一种深彻的记忆，撕扯心肺。尽管石述思至今不赞成父亲的教育方式，但现在的他认为：父亲带给我们的是直面现实的勇气，并不断地激发我们战胜困厄、赢得荣誉的力量。不够浪漫的父亲是这个世界的盐，味道苦涩，但对成长弥足珍贵。

作家李承鹏则撰文《父亲是世上最不堪的一个斗士！》，他讲述了几个故事：日本电影《砂器》中，得了麻风病的父亲为保全儿子，拒绝与儿子相认；小区的周大爷，为了帮儿子买房付首付，又不想给儿子丢脸，每天衣着整齐，小心翼翼地捡拾废品……李承鹏又这样描述自己与父亲：因为从小被逼学琴，让他对父亲"怀恨在心"，在漫天雪花中大喊"砍死爸爸"，而平日里威严的父亲，对此的反应竟然是自个儿默默流泪。乃至成年，李承鹏自己也当了父亲，方感悟道："在中国，每个父亲在子女眼里，都是不堪的……我小心翼翼隐藏住自己不堪的奋斗……让儿子觉得父亲其实……成竹在胸。"

看了各式各样别人的父亲，我不能不忆起自己的父亲。与前面说到的三位一样，我的父亲也曾经是一位脾气火暴的男人。回忆童年时，似乎父亲总是眉头紧锁，拳头紧握，怒气冲冲，而我和哥哥总是战战兢兢，生怕一不小心犯了错，被拎起来一顿暴打。那时家贫，因此我和哥哥犯错时，还必须将裤子褪到膝盖下，以免打屁股时打坏裤子上的补丁。

唯一一次犯了大错没有挨打的经历，让我至今仍觉侥幸。上小学时放学回家早，没有家门钥匙，于是就爬窗入房，大概是想找点什么吃的玩的。不料正在翻找的时间，父亲突然回家来了。我吓得一骨碌钻到床底下，父亲开锁进门，竟然径直上床睡觉了，这时，我在床底紧张而急促的呼吸终于惊动了他。"你出来吧！"父亲在床上没有动，只轻声说了这四个字。我如蒙大赦，赶紧一溜烟连滚带爬逃向屋外。犯下如此大错怎么没有挨打呢？后来我才知道，当天父亲是因为生病扛不住了才提早回家，那时他也许是无力动手，我才侥幸逃过一劫。只是后来很长一段时间我都很困惑，一向虎虎生威，能扛起一切的父亲，怎么也会生病呢？

如今，父亲已经退休十来年，我和哥哥也都已经成人成家。每次回老家看望二老，父亲都是眉开眼笑，再没有过去那怒气冲冲的模样。孙子辈升入高一级学校，还要送来"奖学金"。而当听叔叔、姑姑们痛说"革命家史"时，我也才逐渐认识一个完整的父亲。

十三四岁，那时的我在为学习成绩进入班级前几名沾沾自喜。而十三四岁的父亲，已经"长兄为父"。在爷爷含冤入狱，一家之主缺位时，他和奶奶一起挑起家庭重担，养活自己及弟弟妹妹。凌晨两三点起床，走几十里夜路下乡赶集挣口粮钱；爬树打桑葚、下河捉鱼虾来填饱肚子；考不收学费的师范学校，再将每月 32 斤粮票卖掉一部分换钱过生活……待两个妹妹一个弟弟长大成人后，他又有了自己窘迫的小家庭，没有粮票油票布票的妻儿，于是又是多年的挣扎……在那个年代，如果他不彪悍坚强，无法想象我们现在会是什么样！

父亲节这天，各种各样怀念父亲的文章还有很多。如今我与父亲遥距万里，但通过电话、微信不紧不慢地聊聊天，又写下以上片段，让远方的老人家在我脑海里更加清晰可见。每个家庭都有各自的故事，或平淡或激烈，或贫寒或富足。而每个小小家庭中的父亲、母亲，如同南极冰天雪地中的帝企鹅，相互支撑，跋山涉水，只为孵化怀中的宝贝,等待新生命破壳而出,健康成长。有人说,中国式父亲与沐浴北美阳光、地中海阳光的父亲不一样。而看过威尔·史密斯的电影《当幸福来敲门》、罗伯托·贝尼尼的电影《美丽人生》,你觉得天下的父亲又有何不一样呢?

至于父亲节是 8 月 8 日,还是 6 月第三个周日;是中国的,还是美国的,根本无关紧要。针对所谓"你爸妈不上网,何必朋友圈里当孝子"这样的嘲讽,咱也不必放心上。我们需要这样的节日,需要回望我们的来路,重新认识自己的双亲,从而理解透彻那份深沉博大。如果再为他们写上几笔,将此分享给大家,更是将这份深沉博大传递绵延。祝愿天下父母健康长寿,平安喜乐!

从拉漂到藏文化续缘人

第一次知道雪堆白这个名字，是刚到拉萨时，在八廓街附近游逛时偶然看到的一家藏式风情的门店。这家雪堆白门店内部展售造像、唐卡等艺术品，而门外还挂着启事："本周六著名学者努木讲述《格萨尔王》，欢迎各位前来聆听。"于是那个周六，我们专程赶去听讲座，雪堆白这处门店的三楼，早已经人满为患，我们只能坐在上楼的台阶上听讲。从那次讲座上，我知道了《格萨尔王》说唱传人"神授"的故事，也将雪堆白这三个字与藏文化紧密联系在了一起。

宋明(右一)在文化创意产业博览会上

此后不久一次朋友小聚，席间来了一位宋明老师，蓄着小胡子，戴着圆礼帽，颇似一位藏族人。这时得知他就是八廓

街附近那家雪堆白门店的老板。支撑门店的，是一所同样名为雪堆白的传统手工艺术学校，他们培训学徒，也创作金属造像、唐卡等西藏传统艺术品，还有很多藏文化的创意设计的现代艺术品。交谈中得知，宋明是江苏徐州人，毕业于南京艺术学院，20世纪90年代进藏工作，在拉萨师专担任美术老师。2010年他开始创办雪堆白手工艺术学校，规模渐渐做大。就像北京有"北漂"一样，拉萨也有"拉漂"。宋明当初选择漂在拉萨，是因为他喜欢既传统又现代的拉萨，孕育出一种多元而包容的气质，而不知不觉，现在他已经深深扎根在拉萨，成为雪堆白续缘人了。

雪堆白，这么个好听的名字究竟从何而来，又有何含义呢？宋明介绍，他刚到拉萨居住在布达拉宫脚下的雪村，常听街坊邻居念叨"雪堆白、雪堆白"。细一打听，这名字背后竟大有历史渊源，遂有了将之传承并发扬光大的想法。历史文献记载，早在五世达赖喇嘛执政时期，为了解决修缮和塑造大昭寺、布达拉宫等殿堂和佛像所需的技术人员等问题，将以"惹玛岗"地方的铜匠、大师傅公夏为首的一部分手工业者集中起来，成立了一个组织，命名为"堆白"，意思是"能兴建一切享受物品者"，将其厂址设在布达拉宫的"雪"区，即拉萨布达拉宫脚下的一片地方，并给予特殊的待遇，这就是雪堆白的初始。"雪堆白"意为"布达拉宫下的如意吉祥工院"，主要进行金银铜类加工，铸造、雕刻佛造像，以及生产金属法器及生活用品等。"雪堆白"也大致可理解为布达拉宫的宫廷造办处之一，曾经涌现出许多工艺大师，他们被授予"乌钦""乌穷"等头衔。藏语尊称他们为"钦莫拉"，意为"技艺精湛的师傅"。

一个篱笆三个桩，一个好汉三个帮，宋明在古老藏文化传承上有所作为，当然离不开一帮志同道合的人。因为各种机缘，后来我又陆陆续续认识了宋明创办新雪堆白的几位主要合伙人：西藏地区影响很大

羊兄(左)、宋明(中)、噶玛旦增(右)

的藏语微信公众号"羊兄乐园"创办人羊兄(益西旦增);古老的"雪堆白"金属工艺非遗传承人——拉巴次仁、阿穷;每天绘画 16～18 个小时，试图努力复兴齐乌岗巴这一古老唐卡画派的雪堆白首席唐卡画师——噶玛旦增……古老的雪堆白在金属工艺方面力求精致、典雅，作品布局严谨、刀工细腻、线条流畅，并在保持整体传统风格的基础上有所创新。长期的艺术实践形成了独特的雪堆白艺术风格，也代表了西藏近现代传统工艺的最高水准，如今珍藏在布达拉宫的不少珍贵历

罗布林卡的达旦明久颇章

史文物,还有罗布林卡的达旦明久颇章(宫殿)金属构件,都是它的代表作品。而现在的雪堆白则努力通过教学与生产并重的模式,将西藏更多古老的民族手工艺传承下去并发扬光大。

我来藏一年多,见证着现代雪堆白的快速发展,它在拉萨大昭寺的非遗体验店、林芝鲁朗小镇的非遗体验店陆续开张;在拉萨拉鲁湿地旁的手工艺学校及非遗体验中心正在扩建改造中;承办的文化部传统文化项目——《大地之母》唐卡展赴法国等地办展;学校还稳步扩大招生,增加专业,陆续推出艺术家驻留、创意设计大赛等等项目。雪堆白不断招聘和培养人才,在传承历史的同时,努力将西藏文化艺术推向全国,推向世界。宋明及其团队立志要做"藏民族工匠精神的守护者,藏文化的价值发现者与传播者,藏文化自信的标杆企业"。

二十年前,宋明一个人来到拉萨逐梦,穿着解放鞋行走高原任心驰骋,那时他还是一个刚刚从美院毕业的学生,也是一名背包客,他感慨高原的阳光给予生命的力量,感慨质朴和信任拉近了人与人之间的距离。二十年后,他和一群人在拉萨逐梦,穿着跑鞋行走西藏用心创造,要做西藏古老文化艺术的续缘人。布宫脚下的老"雪堆白",与宋明等人创办的现代雪堆白,固然已经不是一个概念。然而,宋明及其团队

宋明在藏文化讲座上

怀着"高山仰止,景行行止;虽不能至,心向往之"的虔诚和景仰之心,以种种努力,要让古老的雪堆白的内涵和名称都得以传承、传播。从这个意义来说,他们都是古老藏文化的传承者、推广者、贡献者,也与古老雪堆白精神一脉相承。

现在,雪堆白的一批批学生已经成长起来,有的用细笔勾勒着古老的唐卡;有的用巧手铸造雕刻精美绝伦的佛陀造像;有的在耐心打造流光溢彩工艺繁复的藏式家具……这些西藏艺术之花在他们手中绽放,并成为世界各地收藏者的珍藏品。在过去的岁月中,宋明曾经拥有美术老师、酒吧老板、唐卡画家等多重身份,他和他的团队为保护、传承和发扬藏族传统文化艺术所做的种种探索与努力,将为人们所记住。

学习十八军

　　七一前夕,全体援藏干部参观西藏军区军史馆,军史馆内有不少展陈,都是讲述了西藏军区的前身——解放军18军进藏、卫藏、建藏的故事。

西藏军史馆将军像

18军,在西藏是个响亮的名字,我在拉萨的同事、朋友中,很多人的父辈、祖父辈都是跟着 18 军,走进雪域高原的。解放战争胜利号角吹响后,为响应党中央的号召,1951 年 3 月 18 日,解放军第 18 军在四川乐山举行进军西藏誓师大会,全体官兵不怕冰天雪地,无畏艰辛牺牲,"背着公路"走进高原,带给西藏人民幸福新生活,也带来新中国中央人民政府和人民解放军的崭新形象。

18 军的前身主要是解放军第 2 野战军豫皖苏军区机关及其独立旅和各军分区基干团、第 1 纵队第 20 旅,隶属于第 2 野战军第 5 兵团建制,张国华任军长,谭冠三任政治委员,陈明义任参谋长。

1951 年,当时全国已经解放,不少部队"刀枪入库,马放南山",开始和平建设。18 军的官兵也都已经到了川南,军长张国华,被任命为川南行署的专员;政委谭冠三,被任命为自贡市的市委书记。两位主官都到地方工作了,下属很多部队的团长被就地任命为县长,政委被任命为书记。就在大家都认为全国和平,部队也不会再打仗的时候,18军接到了进藏任务,全体官兵要重新动员起来进军西藏,难免有人心中会觉得委屈,思想出现动荡。有的官兵对西藏不了解,就知道西藏是唐僧取经的路,他们说:"孙猴子、猪八戒跟我有什么关系?我为什么要

18军领导成员合影

18军进藏动员大会

去西藏？"有的官兵说："现在家里已经分了土地了，家中来信，让我回家种地去呢！别人都老婆孩子热炕头了，你让我重新走上爬冰卧雪的'生死路'？"

在进藏动员会现场，军长张国华带头说："我带着我的夫人，背着小女儿进藏。"后来他3岁的女儿病死在了进藏的路上，成为18军进藏第一个也是年龄最小的牺牲者。政委谭冠三的夫人叫李光明，是入伍33年的老红军，谭冠三叫道："李光明，上来，咱俩表个态一块进藏，我这把老骨头，扔也扔到西藏去。"当时的他们已经有了一双可爱的儿女。谭冠三"狠心"地将两个孩子送给了当地农民，带着夫人义无反顾地进藏。在军长、政委带动下，战士思想上有了转变，这些参加革命多年，历经了战火生死考验，都是铮铮铁骨的热血官兵，在党的号召下，真正做到"为大家，舍小家"，打起背包一路向西，成为中华人民共和国最早的一批"援藏干部"。他们中的很多人最终将生命留在了冰雪路上，还有更多人"献了青春献子孙"，从此就扎根在青藏高原。高原上气候恶劣，群众基础也不比内地，开展工作十分不易，受的各种委屈就更多了。但他们以"特别能吃苦，特别能战斗，特别能忍耐，特别能团结，

谭冠三将军纪念馆

特别能奉献"的老西藏精神著称,在高原立下了丰功伟业,也赢得了西藏各族群众的拥戴。

前不久,曾与几位刚刚到西藏的援友一起散步。其中一位可能最近工作颇不顺畅,一路上都在抱怨。想来他万里迢迢来援藏,一心想做点事,却发现新的环境与想象的并不一样,平白受了不少委屈,心中很是愤愤。可过了两天后再见这位援友,他又精神抖擞干劲百倍了。原来他刚刚看过讲述 18 军进藏故事的书籍:"比起将青春和生命奉献给雪域边疆的 18 军战士,我们现在吃的苦、做的奉献、忍耐的事又算什么呢?"他笑着说。

哲学家尼采曾说:"那些没有消灭你的东西,会使你变得更强壮。"藏地气候恶劣,花草植物要受得住烈日曝晒,经得起凛冽风沙,耐得住飞雪严寒,才能等得到春光灿烂。同样,在委屈面前你没有放弃,没有灰心,而是向着既定目标顽强勇敢地前进,最终才会迎来春暖花开,这是 18 军全体官兵的实践，也是他们给予我们的启示。

那么，为什么很多在西藏工作的前辈写的文章里，讲述的回忆里，在藏生活那么单纯，工作社会关系都那么美好呢？我想：也许回忆往事的意义在于，要记住其中那些美好的。至于其中的艰难，也总会被岁月所弱化、淡化。跟很多前辈请教过去经历的时候，他们对于那些过往的苦与难，大多时候都是一笑而过，因为留在他们记忆里的，都是汗水泪水甚至鲜血凝结成的美好，而原先的各种汗水泪水或苦或咸，都已经蒸发升华了。明白了这一点，或许我们对身处的环境不再苛刻要求，对困难对问题也就能受得了、耐得住。也只有通过自己的努力，让环境在潜移默化中改变与进步，才会让一切慢慢变得更好，这也是我们的职责和使命。

校友会里看变化

　　今年7月,南京大学西藏校友会在拉萨正式成立,了解得知,目前西藏仅在册的南大校友,已经有近300人,这对只有300多万人口的西藏来说,比例已不算小。而他们当中,绝大多数是2005年以后入学

西藏部分南大校友合影

位于陕西咸阳的西藏民族大学

的,专程来拉萨出席成立仪式的南大副校长邹亚军说:西藏南大校友会是最年轻的一个南大校友会——成立时间最短,校友平均年龄也最小。

西藏社会经济相对落后,目前仍是我国最大的集中连片贫困区,也因此,国家将以教脱贫、教育水平提升放在了加快西藏发展的优先位置。西藏自治区总人口只有 300 多万,但全区高等院校就有 7 所,全部是中华人民共和国成立以后创办的。其中本科院校有西藏大学、西藏民族大学、西藏藏医学院、西藏农牧学院四所;专科院校有西藏警官高等专科学校,拉萨师范高等专科学校,西藏职业技术学院三所。这当中,西藏民族大学(前身西藏公学)是党中央为西藏创办的第一所高等学校,早年西藏条件艰苦交通不便,就将校址放在了陕西咸阳。成立以来,该校培养了 7 万余名各类优秀人才,其中涌现出了 30 多名省部级领导干部和一大批艺术家、作家、教授、医学家、农学家、工程师等,赢得了"西藏干部摇篮"的美誉。

与此同时,国家还不断增加内地重点大学在西藏地区的招生人数,为西藏培养更多高素质人才。知名院校地方校友会的多少、强弱,能从侧面反映一个地区受高等教育人群的状况。大学地方校友会,是加强校友之间的感情交流、信息沟通,推动校友互助发展,更好地服务地域经济社会发展的社团组织。南京大学等知名院校西藏校友会的成立,反映出近年来西藏接受高等教育人群在不断壮大。近些年来,包括北京大学、人民大学、厦门大学、中南财经政法大学等知名院校的西藏校友会纷纷成立,从一个侧面反映出,知名院校的西藏毕业生越来越

北京大学西藏校友会正式在西藏大学成立

多，西藏本土的高素质人才也越来越多，也反映出，来自一流高校的莘莘学子以天下为己任，深入西部和基层，投身边疆、扎根西藏、艰苦奋斗、自强不息，将个人的家庭、事业与祖国西部的建设发展紧密联系在一起，正在为西藏的改革发展稳定做出积极贡献。

而这些受过高等教育的专业技术人才，犹如一颗颗种子，撒在雪域高原上，生根发芽，茁壮成长，并带动着万物生长，从一棵棵小树苗，长成一片片、一丛丛的树林。北京大学西藏校友会利用自身优势，在西藏开展北京大学创业训练营（北创营），发挥传帮带作用。中国人民大学西藏校友会开展各种公益活动，帮助西藏贫困家庭及少年儿童……

从校友会里看变化，西藏从中华人民共和国成立前没有一所高校，到如今建成七所高等院校；从几乎没有大学生，到受过高等教育的人口比例逐年提高，名牌重点院校的校友会纷纷成立，可以说是发生了天翻地覆的变化。人才队伍的壮大，也预示着西藏社会经济建设获得了源源不断的生机与活力。

高原上说运动

11月11日,全国各地忙着"剁手"的时候,拉萨的朋友们却在忙着"跺脚"。2018拉萨半程马拉松恰逢这天举行,数千名选手参加了这一

拉萨"半马"起跑前的热身操

活动。11月的拉萨,最低气温已是零下,不过只要在太阳下晒一晒,你仍有温暖如春的感觉,而马拉松选手的激情,甚至能让你感受到一股夏季般的热浪。

拉萨能跑马拉松吗?很多人第一感觉是担心与怀疑。而在拉萨能不能运动,怎么运动,对从内地来拉萨生活的人来说,一直是众说纷纭,莫衷一是。有些人提倡骑车、踢球、爬山样样来,精神好身体倍儿棒;有些人则建议你深居简出,时时调养,别在高原乱逞强。而从这次拉萨半程马拉松,还有从前不久西藏"跨喜马拉雅自行车极限赛"等体育活动报名的火爆程度来看,热衷运动敢于挑战的人似乎占据多数。

一些医疗、体育方面的专家们表示:在拉萨能否运动,该怎么运动,受个人体质、海拔高度、在藏时间等许多因素影响,并不能一概而论。

个人体质方面。以参加此次拉萨半程马拉松的选手为例,此次活动对选手体质要求十分严格,所有选手都必须提交体检表,并且赛前在拉萨还要进行一次复检,确保身体健康,尤其不能有心血管方面的问题,才能参加比赛。而此次赛事,真正完整跑完 21 公里多半程马拉松的,限定为 200 名选手,其他主要是 10 公里、5 公里健康跑,这也是拉萨因地制宜确保安全组织运动赛事的方式。

海拔高度方面。自 1968 年第 19 届奥运会赛址设在海拔高度为 2240 米的墨西哥城之后。高原训练法引起世界体育界的重视。一些国家在中度高原(1500 米~2400 米)建立了高原训练基地,并把高原训练作为大赛前的重要训练手段,取得了显著的训练效果。由此来看,对运动员来说开展高原训练是有利的。不过青藏高原属于高高原,有着更为特殊的自然环境,其特点是低压、低氧、气候干燥寒冷、风速大、太阳辐射和紫外线照射量也明显增大。考虑到这一特殊情况,西藏的运动赛事主要在拉萨及比拉萨海拔更低的林芝市举办,在海拔更高的地市,除了赛马等民族传统项目,其他体育赛事就很少开展了。拉萨市海拔 3649 米,含氧

拉萨"半马"现场穿婚纱的女孩

量为平原的 64%，阿里狮泉河海拔 4278 米，百分比为 59%；那曲海拔 4507 米，百分比为 56%，在严重缺氧的那曲、阿里等超高海拔地区，像在平原一样运动显然弊大于利。

在高原生活时间的长短，影响了内地进藏人员的运动

2018拉萨半程马拉松赛选手合影

方式。一般来说，短期在高原生活，只要身体能承受，各类运动比赛对人体一般也不会有什么明显影响。但如果要在高原居住两三年甚至更长时间，就不建议经常剧烈运动。原第三军医大学杨国愉教授等所做的高原缺氧对人体健康影响的一项课题研究显示，人如果长期处在高原缺氧环境中，严重者可出现低氧血症。由于人的神经组织对内外环境变化最为敏感，因此在缺氧条件下，脑功能损害发生得最早，损害程度也比较严重，且暴露时间越长，损害越严重。在缺氧环境下长期坚持耗氧量过大的运动，对神经组织，脑功能，心肺功能等都可能存在一定伤害。

长期居住在高原不宜经常剧烈运动，但并非说不能运动，事实上，适量的运动，偶尔的高强度运动，对提升人体在高原的适应性，保持身心健康，都是有益且必要的。就拿这次拉萨半程马拉松来说，85%的选手在关门时间前跑到了终点，来自河南商丘、年过七旬的侯学融老先生也圆满完成了赛事。因此，高原并不可怕，"生命在于运动"在拉萨也同样适用。

飞翔的拉萨

　　说起拉萨的天空，很多人眼前会浮现出一望无际的湛蓝，偶尔会有一两只苍鹰在空中盘旋……不过，如果你秋天来到拉萨，在天空中常常见到各种斑斓艳丽的色彩——拉萨风筝。

　　春天放风筝，是很多内地市民喜爱的一项活动。不过在西藏，当秋天来临，"风筝季"才拉开帷幕。高原的天空深邃而幽远，飞翔的风筝更将你的思绪牵往童年，牵来单纯与快乐。不过当地人说，放风筝必须等到青稞成熟，田野一片金黄之时。如果有心急的孩子等不及秋收就开

放风筝的孩子们

始放风筝,必将遭到农民的驱赶和一阵咒骂:不吉利的孩子,哪有这么早放风筝的? 招来了大风怎么收青稞,好季节都被你放没了……

　　风筝在藏语中被称为"甲比",意为"会飞的纸鸟"。在拉萨,放风筝又被称作"斗风筝",在普通市民中广为流行。每年雪顿节过后,藏历八月,秋高气爽,打谷场上堆满麦垛,打场歌此起彼伏之时,也是风筝漫天飞舞的季节。风筝的放飞技巧体现在空中的争斗和玩耍,放风筝的孩子常常叫喊着挑衅的话语,刺激别的风筝手迎战,在双方激烈的交锋中,展现自己的技能,体现战斗的乐趣。拉萨风筝最大的特点也就体现在"斗"字上,斗风筝讲究技巧,胜与败,掌握在握着线轮的放风筝者手上,风筝线速的快慢和力度的大小是胜负关键。放线与收线的微妙变化,可以使风筝在空中迅速地升降、旋转、左右打滚,最后断线飘走者为败。

　　秋季天气凉爽,风力也刚刚好,正是拉萨一年中最适合放风筝的时节。此时拉萨蔚蓝的天空中,总是飘着大大小小的风筝,在那朵朵白云衬托下,这些忽上忽下、色彩艳丽的"纸鸟"寄托着人们美好的愿望,把天空装扮得斑斓绚丽。拉萨市民都是从很小就开始放风筝的,那些风筝,那些线,那些一起放过风筝、追赶风筝的玩伴都是他们美好的回忆。

追溯起来,西藏风筝文化由来已久,相传早在一千多年前伴随藏纸出现,藏式风筝就有了雏形。2006年,"拉萨传统斗风筝"入选首批国家级非物质文化遗产,西藏风筝蕴含丰富的历史、文化、艺术、审美和健身价值,无论是制作技巧,还是放飞技巧,都有着与众不同的特点和意趣。秋冬季,拉萨进入了旱季几乎不再下雨,拉萨河的河床也大部分都裸露出来,成了市区人们放风筝斗风筝的好去处。而斗败的风筝,将长长的风筝线遗落在河滩上,成了人们对风筝季最直观的记忆。

近两年,随着拉萨"河变湖"工程的推进,拉萨河上修了闸坝蓄水,到了秋冬季河床也不干涸了。市区人们放风筝也主要转场到河边的贡布堂路。随着制作材料的丰富,传统拉萨风筝也越做越大,越做越漂亮,但在式样上仍延续着传统的藏式风格。不光风筝图案有各种传统

风筝轴

制作风筝

样式,放风筝时用来卷线的风筝轴也是各式各样,风筝的形制与使用根据放风筝者的年龄而定,如六轴、八轴、十轴风筝等,必须按使用者的年龄大小分类选择。风筝轴两头绘有别具一格的藏式传统图案,精美得就像一个装饰品,不放风筝的时候,摆在那里都让人赏心悦目。

如今,风筝不仅仅是西藏民俗娱乐中一项不可缺少的内容,更成了拉萨特色旅游的名片、传统文化的符号。美丽的风筝一年一年在拉萨河边,在高原的蓝天上飞舞,牵动着人们绵长的思念。

感　　恩

　　在西藏拉萨生活、工作的
三年，有人觉得很艰苦，是奉
献，而对我而言，却让我体验了
从未经历的世界，增加了很多
从未有过的认识。这三年经受
的磨砺更让我终身受益。因此，
我有着说不尽的感激，更希望
自己能做些什么，来回报这片
神奇的土地……

小山村里的书香

鸟欲高飞先振翅，人求上进先读书。上个月，我们拉萨电视台驻村点——尼木县根培村的"农民书屋"改造完成，由江苏各界爱心人士捐赠的数百册童书摆放上架，"零距离爱心图书室"的铜牌也挂上了墙，

尼木县根培村的孩子和老师们在爱心图书室

曲水县才纳乡的爱心图书室

村里的孩子们纷纷来到图书室，阅读他们从未见过的各种书籍。看着一张张天真烂漫的脸庞，看着孩子们如饥似渴地翻阅着图书杂志，让人又高兴，又有点心酸。

原先，根培村的"农民书屋"也有些书籍，主要是农业科技等方面的。可能识字的村民不多，书的品种也很少，这个书屋门庭冷落鞍马稀，长期房门上锁，架上落满灰尘。去年起，借助我的派出单位——江苏电视台城市频道开展的"征书圆梦"公益行动，一批适合青少年阅读的图书被送上高原。刚开始我们并没有想到村委会的农民书屋，主要将目光聚焦在学校。先后在曲水县才纳乡小学、尼木县吞巴乡小学、墨竹工卡县日多乡小学等学校建立了爱心图书室。不过，孩子们在学校里有课外书可读了，离开学校情况又如何呢？尼木县是拉萨相对贫困的一个县，而根培村又是尼木县的经济薄弱村。在走访村民家庭时我们发现，这里很多人家可以说是家徒四壁，更不会有孩子看的课外书了，家长也没有帮助孩子开展课外阅读的意识。

没有机会走出乡村见见世面，又没有书籍能打开眼界，这里的孩子知识面比内地同龄人明显差了许多。我曾经与尼木县、堆龙德庆区的来自乡村的初中生交谈，他们不知道西藏与拉萨是什么关系，不知道江苏、南京在哪里；内地很多小学生早已烂熟于心的历史知识、百科知识,他们更知之甚少。书籍是造就灵魂的工具,能不能让孩子们不在学校时也有书可读,尽可能满足他们的求知欲呢?在内地朋友帮助下,我又筹集了一批图书,专程送到拉萨电视台的驻村点——尼木县根培村。驻村的同事们随即对原先的农民书屋进行改造,打扫干净书架书桌,增加适合青少年阅读的图书,一下子就吸引了全村的孩子们,现在,这个小小图书室成了孩子们假日的乐园,知识的"思金拉措"。

山村里的这个小小图书室,是目前江苏城市频道70多个"零距离爱心图书室"之一,它也是第一个建在校园外的图书室,是"征书圆梦"公益行动的一个新尝试。"征书圆梦"公益行动初衷是:征集爱心市民手中不用的图书,圆乡村孩子们的读书梦想。这项公益行动开展三年来,社会各界捐赠了近20万册各类图书。这些图书被送到云南、贵州、西藏、安徽及江苏北部贫困地区的70多所乡村学校,用于建立70多个爱心图书室,让7万多名孩子受益。

饮水思源,在这里特别感谢支持这项公益行动的各界朋友、爱心人士,感谢他们的慷慨与大爱。得知我在西藏帮藏族孩子们筹建图书

林周县卡孜乡小学爱心图书室

张元奇父子等送书到拉萨

爱心图书被送到墨竹工卡县日多小学

室，这些朋友们的爱心也接踵而来：摄影家张元奇、张晓萌父子进藏采风，特意带来了一口袋的童书；南京的唐俊华律师来西藏公务，给我送来儿童漫画册；江苏电视台影视频道的柳亮编导来藏拍摄节目，也和剧组成员一起送来图书及学习用品……感谢他们满满的爱心。

就在六一前夕，江苏电视台城市频道"征书圆梦"公益行动第四季启动。种善因，行公益，今年城市频道计划再将5万册图书送到包括西藏在内的全国各地偏远乡村，将"零距离爱心图书室"扩展到100所！"书籍就像一盏神灯，它照亮人们最遥远、最暗淡的生活道路。"期盼这一善举，能让更多乡村孩子与书结缘，开阔眼界，增长知识，也获取更多改变命运的机会。

拉萨也是故乡

"月到中秋分外明,谁堪对影又伤情!"这个中秋连着国庆的八天长假,因为工作安排,几乎所有的援藏干部都留在了西藏加班、值班。很多人对此都有些特别的感受,大家还合作填了一首词以抒怀:

风入松·雪域中秋

江南红柿佳节迎,雪域菊凋零。尽染秋色风景异,行且歌,月升东山。逆旅友人相问,朔风清凉案牍。

塞外茱萸游子心,寒天玉蟾近。唯愿长者身犹健,思又盼,春回大地。征途犹得自省,艳阳莫负白头。

乡愁难解归无计,还得把思绪收回眼前。来到拉萨,虽说我们与家乡相隔千山万水,但在这座高原古城有时却也有似曾相识,恍若故乡的感觉。

每次乘机飞抵拉萨贡嘎机场,下了机场高速过柳梧大桥,再往市区前行,就进入宽敞笔直而又熟悉温馨的江苏路。往东过了老西藏大学向北,则是江苏东路。这是江苏援建的拉萨老城区一纵一横两条主干道,凝聚着我省人民对拉萨人民的深情厚谊。如今,江苏东路的纪念碑仍立在拉萨五岔路口的一角,而江苏路的纪念雕塑因为道路改造需要迁址,现在高高矗立在拉萨北环路城关花园环岛正中。

拉萨的江苏东路纪念碑

从拉萨老城继续向东进入东部新城区,拉萨市政府门前那条笔直宽阔的新马路也是我省援建,被命名为江苏大道。现在,每天我们上下班都要从这里经过,心里是由衷的亲切和自豪。在市区,还有拉萨江苏实验中学、江苏中学、江苏实验幼儿园……不经意间与你邂逅,让你眼前一亮,心头一热!

这些熟悉亲切的名字不仅出现在拉萨市区,还遍布在江苏对口支援的拉萨市下辖的四个县。前往拉萨墨竹工卡县县城,进城的路叫栖霞大道，县城里纵横交错的几条道路，有叫南京东路，也有叫南京西路，一转头，冷不丁又看见南京小学、金陵幼儿园……再到达孜县，映入眼帘的又是金山路、焦山路、丹阳路……而林周县有苏州路、太湖路、盛泽楼、苏州小学。曲水县有扬州路、高邮路、泰州广场……也都有着浓浓的江苏味。

墨竹工卡县的南京路路口

拉萨这些与江苏密切相关、丝丝相连的路名、校名、楼名，不禁让我想起东南大学一位专家的研究：南京很多山脉的名称源于山西。比如：南京有翠屏山，山西浑源县也有翠屏山；南京有将军山，山西汾阳也有将军山；南京有紫金山，山西榆社、武乡、祁县交界处也有紫金山；再如南京有五台山，山西五台山则早就远近闻名……南京山名为何与山西如此雷同呢？专家考证说：西晋末年，五胡乱华，中原地区战乱频频，晋元帝司马睿只得率中原汉族臣民南渡，移都建业（今南京）建立东晋政权，史称"永嘉之乱，衣冠南渡"。而南渡的北方士族，不少来自山西，他们因为思念家乡，便将山西的山名复制到了南京，这也是历史上典型的"侨置"现象。

拉萨这些名称与江苏密切相关的道路、学校、楼宇等，都是江苏援建。起了江苏的名字，是不是也源于一代代江苏援藏人的思乡之情呢？不过，当初山西的士族南迁"侨置"，是不得已而为之。而如今对口支援西藏拉萨，是中央交给江苏的一项光荣任务，饱含着民族深情。一代代江苏援藏人来到雪域高原，与藏族同胞并肩工作，战天斗地，为拉萨的建设添砖加瓦，倾情付出。虽说乡愁难免，但更多的还是建设雪域古城的热情！是"天下没有远方，人间都是故乡"的豪情！

如今，当看着车来车往畅通便捷的"江苏东路"时；当曲水县城"泰

江苏大道旁的援藏干部公寓

州广场"老阿妈赏花微笑时；当墨竹工卡县的"南京小学"藏族学子高
声朗读时，拉萨，不也是我们的故乡吗？而每次与拉萨的这些江苏地名
邂逅，我还会想起我们的先行者、当年这些工程的建设者。正是江苏的
援藏人一批接着一批干，给古老的拉萨不断带来崭新气象，在点点滴
滴间让藏族同胞生活得越来越好。

　　由是想到了大型实景剧《文成公主》中，描写公主的一首诗，且以
此收尾：

　　　　莫叫乡愁锁红颜，
　　　　千山万水一肩担；
　　　　朔风微动心意暖，
　　　　回眸一笑冲长安。

四季吉祥村里送吉祥

新学期伊始,四季吉祥村的"零距离爱心图书室"建成开放,由江苏各界爱心人士捐赠来的千册童书摆放上架,迎来了村里的众多藏族小读者。而不为人知的是,这个四季吉祥村,正式建村还不到一年时间,如今在村容村貌、公共服务、扶贫就业等方面,都已经在当地处于领先水平。

美丽的四季吉祥村位于西藏拉萨曲水县才纳乡境内。才纳的意思为"菜园子"。传说当年文成公主进藏时,吐蕃基本没有蔬菜瓜果,于是

四季吉祥村村口

江苏援藏干部在四季吉祥村调研

文成公主让人在这里开荒种菜,有了这片"菜园子"。车子从拉萨驶上机场高速公路,半个小时就能抵达"菜园子"才纳乡,再沿着平坦的水泥路前行,不一会儿,一片色彩亮丽、排列有序的藏式院子便映入眼帘,这便是四季吉祥村。村口牌坊上,"感党恩、听党话、跟党走"的标语分外醒目。

四季吉祥村是曲水县的第二个贫困户搬迁安置村,建设面积达3万多平方米。这个全新的村庄建设了4个区、12条主干道、365套安置房,分别对应一年春夏秋冬四季、12个月、365天。因为是搬迁安置村,这365套安置房,根据搬迁贫困户家中人数多少,将大小不同的户型免费分给他们居住。

而就在一年前,2016年8月我们第八批援藏干部刚到拉萨时,我跟随江苏援藏指挥部副总指挥、拉萨市副市长王国臣一行前往才纳乡走访调研,那时的四季吉祥村还是一片沙地,没有一砖一瓦。想不到此后短短三四个月,崭新的村庄就拔地而起。今年元旦前夕,两百多户建档立卡的贫困户,喜气洋洋地搬进了新房。

建一个新的村庄让贫困农牧民居住不难,而如何帮他们在这里找到脱贫致富的门道,建立起新的生活,真正做到安居乐业,才是真正的大难题。曲水是我们江苏对口支援的县,江苏援藏干部与当地干部一道,群策群力,为搬迁农牧民们脱贫致富、改善生活条件共同出点子、办实事。如同当年文成公主一样,要让这里的"菜园子"真正"瓜果满园"。

让搬迁农牧民们安居乐业,就要努力实现"农业产业化、农民职业化、农村社区化"。四季吉祥村附近就是曲水才纳的国家现代农业示范园区,近年来建起了万亩苗木良种繁育基地、万亩中藏药种植基地、现代化奶牛养殖场……借助援藏资源,园区不断开发新产品,开拓新市场,初步实现了农业产业化,也为新来的"邻居"们提供了就业机会。

位于才纳乡的净土健康产业园

曲水才纳的国家现代农业示范园区

　　而要让农民职业化,需要农牧民具备一定的职业技能和意识。江苏省对口支援西藏拉萨前方指挥部与四季吉祥村党支部结成对子,援藏干部和本地干部一起深入村庄,深入农户,帮助村民们开拓思路、掌握技能,让农牧民向产业工人转变,不等不靠,用勤劳的双手创造幸福美好的生活。这当中,特别是泰州市对口支援曲水县的三位同志,几乎每个月都要来四季吉祥村好几趟,对每户村民家庭状况了如指掌。

　　实现就业解决了物质需求问题,而要让搬迁农牧民长期安心在这个新的村庄生活,还需要公共服务配套设施,文化生活丰富。在四季吉祥村建设之初,江苏就配套援建了村综合服务中心大楼。在社会事业口工作的援友们,也在各自岗位上帮助该村完善公共服务配套设施。我从事的是宣传文化工作,于是对接派出单位江苏城市频道的"征书圆梦"公益活动,为村里建起了爱心图书室,丰富村民特别是青少年的文化生活,也受到了村民们的欢迎。

　　四季吉祥村是易地搬迁来的崭新村庄,如今,家家户户都有人在现代农业示范园里工作,培育种植各种经济作物,文成公主的"才纳"成了名副其实的"菜园子",村民们的经济收入也明显提高。而现代化的村综合服务中心大楼内设施齐全,村卫生室、图书室等公共设施配套到位,文化生活丰富多彩。原先的贫困农牧民住上了好房子、找到了好工作、过上了好日子,四季吉祥村真正村如其名——四季吉祥如意。

俯瞰四季吉祥村

杏林春暖高原

　　人吃五谷杂粮，难免也会染恙。而在拉萨生了病，有人会有着与内地不太一样的体验，需要与内地不同的应对方式。

　　这个冬天，拉萨流感很厉害，我认识的人当中，几乎有一半的人都被感染了。感冒或者发烧，这在内地本没有什么，无非多喝水，多休息，几天工夫就好了。可一起住在援藏公寓的几位病号，几乎都拖了半个多月，还没能彻底痊愈。而我自己，感染后打了个喷嚏，竟然一下子就闪了腰，引发腰椎问题饱受疼痛折磨，躺倒两天后才能起床活动。拉萨中学一位教师援友，在内地感冒从不吃药，这次流感"中招"后，以为休息休息也就能好，结果歇了两天后竟然连动弹也困难了，被同事送到医院，平生第一次打点滴，输液三天才基本康复。

　　有经验的"老西藏"会提醒你：对有些同志来说，在高原生再小的病都要重

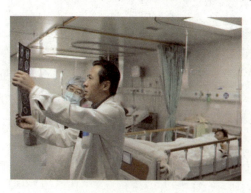

拉萨人民医院的病房

拉萨市人民医院

视。因为低气压加上缺氧,容易将某些小病变成大病,会产生平原地区没有的一些症状。就算是小小感冒,因为高原反应,有些时候就会恶化成肺水肿或脑水肿,甚至危及生命。很多在内地几天能康复的疾病,因为高原低气压缺氧,有些人康复得也十分缓慢。而在此期间,只要乘上飞机一回内地,氧气充足压力正常,很多久治不愈的症状却突然不治而愈了。

　　当然,遇到上述问题的,占患病总人数的比例并不高。说到底,这一现象归根结底还是源于那说不清道不明的高原反应。高原反应因人而异,多数人并无大碍,可有一部分人就饱受折磨了。特别是生病之后,有人因此第一次打点滴,有人因此第一次住院,还有人不得不先返回内地休养。

　　生病叠加高原反应,暂时又不能返回内地,就不得不在拉萨的医院治疗。幸运的是,拉萨市区人口如今虽不过百万,却有好几座规模较大的医院:西藏自治区人民医院、西藏军区总医院、西藏自治区藏医院、西藏武警医院、拉萨市人民医院……其中有好几家是三甲医院。而在拉萨医院就诊,也让人有着与在内地不一样的体验。

今年夏天内地有位同志来拉萨短期工作，其间发烧，为保险起见，我陪他去拉萨一家大医院检查治疗。医生开药后，一位护士前来打点滴，结果连扎了三针都没有成功，这位同志吓得说什么也不敢让那位护士扎针了。据说，类似情况在多家医院都存在，这里有经验的医疗人才相对缺乏。

其后不久，我去另一家大医院体检。偶然发现，院内不少医生竟然是北京协和医院、北大附属医院的主任医师、副主任医师。如果在内地的医院，这些医生的专家号，往往要排上一两周甚至更长时间才能挂上，而在拉萨，却能随到随诊。这得益于中央的组团式医疗援藏政策，让西藏的群众不出西藏，在家门口就能享受到国内顶级的医疗服务。

有时闲聊，不少当地人表示，西藏人民特别感激中央医疗援藏的举措。早先西藏的医疗基础设施非常薄弱，群众生病无医可看，常常只能求神拜佛。一些进藏工作的内地人士，疾病叠加高原反应治疗不及时，甚至因小病造成严重后果。而如今，国家卫计委直属医院对口支援自治区人民医院；江苏、北京、上海等省市对口支援拉萨、日喀则等地市医院，群众看病方便了许多。内地不仅支援西藏医院硬件建设，还派来了经验丰富的医生、护士服务各族群众。以江苏为例，省人民医院、苏州儿童医院、南京第一医院、泰州人民医院……都派遣了医生在拉萨市县各家医院工作。普通疾病在拉萨就能得到治疗，碰到小儿先天性心脏病等相对复杂的，则会送到江苏对口医院手术。

南京儿童医院救治拉萨先心患儿

当前，西藏正进一步加快医疗卫生事业建设，投资十多亿元的自治区妇幼医院、拉萨市中心医院等一批大型医院正在建设

北京协和医院援藏医疗队

　中。自治区政府提出：要努力做到小病不出县，中病不出地市，大病不出自治区。不过，医院的硬件设施建设有钱就很快能解决，但医疗人才建设相对要困难得多。扎针扎不准的护士，与国内顶级的医疗专家并存，这大概就是拉萨现今医院的一大特色。因此西藏还需要更多培养本地人才，培养留得住、能扎根的名医生、名护士。

　　目前，内地组团式援藏的专家，也将"传、帮、带"作为援藏工作的一项重点，着力培养本地医护人员。相信：当他们桃李满西藏了，也真正是杏林春暖高原之时。

似有桃花香,应是故人来

"草长莺飞二月天,拂堤杨柳醉春烟",遥想早春二月的江南,情不自禁会忆起南京鸡鸣寺路的樱花、理工大学的二月兰……三月的金陵,更应是处处花团锦簇,时时杨柳拂面。而此刻的青藏高原上,很多

三月的西藏

西藏林芝

地方仍是冰天雪地,寒风凛冽,号称日光城的拉萨,白天阳光热烈,春光明媚,半夜却时不时一场大雪,顿时银装素裹,周天寒彻。

一边雪花飞舞,一边却也桃花盛开,生命的力量,季节的规律纵使冰雪也无法改变。西藏的桃花,每年清明前就准时来报春,由南往北从林芝的墨脱、波密、工布江达,到拉萨的墨竹工卡、达孜、林周,进而一直到藏北的那曲⋯⋯粉白、粉红、桃红的色彩,次第绽放,姹紫嫣红。千里桃花,沿着尼洋河、拉萨河、雅鲁藏布江两岸,装点着澄碧融雪,艳丽了沟壑山野,摇曳在高原的春天。

西藏桃花名气最大的是林芝,漫山遍野的野桃花,在雪山前开得那么热烈,开得那么豪迈。从低处抬头看,桃花粉红,雪山洁白,映衬着深邃蓝天;从高处往下看,桃之夭夭,灼灼其华,人们在花丛中蜿蜒穿行⋯⋯林芝"接通麦之天险,连茶马之故道;扼康藏之通达,开雅鲁之遥迢",本已是令人神往之地,再加上一丛丛,一片片,连绵不绝的烂漫桃花,绝非浪得"塞外江南"的虚名。嘎拉桃花村,一个普通小山村,更

与老友相聚米拉山口

因千余株古桃树，每年3月成为赏花胜地。"犬吠水声中，桃花带雪浓。树深时见鹿，溪午不闻钟"，这就是雪域中的桃花源。

3月桃花开时，还会有一些老朋友、老同事或出差，或旅游陆续前来西藏。"似有桃花香，应是故人来"，这让长期独处塞外，冷清寂寞的游子，顿时兴奋并忙碌起来。纵使翻山越岭，驱车数百公里以谋一面，相见时仍精神抖擞，满面春风。此时眼中的桃花：满树和娇烂漫红，万枝丹彩灼春融。原来，花儿因人会更美，因多情而更多娇，"桃花潭水深千尺，不及汪伦送我情"。高原的桃花是年年开、年年赏，因为人的不同，年年赏花别有一番情趣与体悟。光阴每年每日原本一分不少，一秒不多，却因着你赏花的心情，或白驹过隙，或度日如年。

让我们相逢在雪山下的花海里，看天看云，赏花赏雪！在这里，我们体验远方和诗意。在这里，我们感受林深时见鹿，海蓝时见鲸，山高时见雪的独特意境。

让雅鲁藏布的风吹得更远

在内地,提起西藏的产品,恐怕很多人都说不出来,对西藏稍有了解的人,也就知道虫草、牦牛、唐卡等少数几样。从去年 12 月就开始筹备的"文创西藏"江苏展,这个 5 月终于在南京老门东盛大开幕,参展企业 50 多家,展示了西藏各类文创产品 3000 多种,让众多南京市民大饱眼福,也大长了见识。

一袋牦牛肉干,包装盒做得像书册一样,里面还有仓央嘉措的诗歌,让你在品尝牦牛肉的同时,还能品尝到西藏的文化。

一个小小木偶,运用古朴的唐卡技法绘制,表现出"藏香猪"的憨厚、顽皮,还携带着高原上传承千年的艺术基因。

一套简约的服装,既传承民族传统元素,又彰显出引领时尚的"国际范",以你从未见过的姿态,在老门东的 T 台上走秀……

藏毯、藏瓷、藏纸、藏红花……还有更多不带"藏"字,但同样蕴含着西藏元素,挟带着高原风情的各种创意产品、特色产品,承载着设计师满满的西藏情怀,给古城南京吹来了一阵来自雅鲁藏布的清风,让人眼前一亮,印象深刻。

这一件件带着高原特色的文化创意作品、产品,让原本遥远、神秘

在"文创西藏"江苏展上走秀的藏族模特

吉如朵手工羊绒围巾

的西藏文化变得亲切可感，变得生动鲜活。而能让西藏文化这样丰满立体，风行全国乃至世界的，离不开一大批充满智慧，又能默默耕耘的人。因为参与策划、组织这次展会的关系，我也认识了他们其中的几位。

上官禾是西藏文艺

界的"大咖",她的团队长期致力于西藏特色产品的研发。西藏是全国五大牧区之一,畜牧业发达,但是真正形成品牌影响力的畜牧深加工产品为数不多。上官禾率团队开发了手工羊绒围巾品牌"吉如朵",追寻藏地美学,立足原创设计和纯手工工艺。吉如朵以西藏日土山羊绒为原料的手工羊绒围巾,同时融合了西藏古老壁画中的元素和色彩、四季风景的色彩、光和影等幻化为独有的西藏美好意念,这份"西藏礼物"吸引了众多目光。

张鹰是西藏的著名油画家、摄影家、国家一级美术师,在藏地行走了近五十年,他还将子女也培养成了藏文化的传承者、推广者。他支持儿子张艺在拉萨成立了易博洋文化公司,创办了"弗影"等藏文化品牌。此次展会,他带了"弗影"品牌的系列藏式风格首饰,还有藏族钥匙饰品、藏戏面具冰箱贴等等创意产品,得到了不少市民的青睐。

雪域萱歌,原本是西藏诗歌爱好者、创作者的一个微信公众号、一个交流平台。藏族姑娘白玛娜珍是位诗歌爱好者,也是位服装设计师。在众多西藏诗人的帮助下,她大胆创业,以"雪域萱歌"为品牌,开始藏式服装的设计生产、藏式饰品的创意制作。此次"文创西藏"江苏展,她带来了自己公司的数十件创意服饰精品,吸引了众多南京市民,还吸引了很多记者的追踪采访。

当然,我认识的几位创业者,只是众多热爱西藏,在高原上默默耕耘的代表。还有众多响亮的西藏文化创意品牌:雪堆白、帮锦镁朵、醍醐、高原之宝、阿佳娜姆……他们用自己的智

张鹰老师讲座吸引众多南京市民

白玛娜珍接受记者采访

慧、创意，丰富了雪域高原的内涵，将雅鲁藏布的风吹得越来越远，让更多的人认识西藏，喜爱西藏。

拉萨六月雪

　　6月在拉萨,已是温暖的季节,桃花、樱花虽然已经谢了,而红色的槐花泼辣辣地盛开,衬着绿叶,更加火热浓烈,还有大量有名无名的野花,在田间地头尽情地盛开,俨然一幅暮春初夏的景象。多数白天里,

拉萨的红色槐花

同事们在村委会合影

拉萨的阳光像瀑布一样,尽情地倾泻在高原之上,倾泻在人们的身上,有时让你甚至感觉到一些灼热、一点火辣。

6月里拉萨时不时也会有几天,太阳悄悄躲起来休息了,高原湛蓝的天空被乌云占据,不时洒下忽大忽小的雨滴。有时一觉醒来,发现窗外原先黄褐的群山,突然又披上了白色衣裳,室外的车顶、树梢,也残留着些许白色。6月飞雪,在中原地区与日出西山一样用以形容绝无可能之事,或者是预示着千古冤情,然而在雪域高原却是家常便饭,不必大惊小怪。

6月里在拉萨市区,天气还算不错,但有时你走进几十公里外的山里,却又是另一番景象。前两天,我和同事前往墨竹工卡县日多乡怎村慰问结对贫困户,下乡前村里就打来电话,让多穿些衣服,山里下雪了,气温有点低。走到村委会,驻村的同事竟然还都穿着羽绒服、厚秋裤,据说晚上还会点上火炉取暖。村委会所在地在318国道边上,也是村里海拔比较低的地方,虽说气温比拉萨市区低一些,但地面上、屋顶

山间公路

上并没有什么积雪,雪在哪里呢?

　　随着车轮不停地辗过盘山沙石路,我们进入了山沟沟,逐户寻找慰问仍散居在山里的贫困农牧民。进山没多久,眼前的大部分景物都已经是银装素裹,白色的世界里,似乎只剩下车窗前的路面有一点深灰的颜色。

　　当地人介绍,这里的海拔高,山沟沟除了夏季的几个月气候温暖一些,草木繁盛可以放牧牛羊,其他时间山坡田野都会积雪,与冰雪为伴是这里村民的常态。在这样的苦寒之地,增收致富自然十分困难。因此,整体搬迁也是西藏自治区精准扶贫、精准脱贫工作的方法之一,尤其是对高海拔地区的农牧民。

　　不过,内地人常说故土难离,对西藏的许多老阿妈老阿爸来说,同样也不太愿意离开祖居之地。在前不久播放的影片《厉害了我的国》中有一段描述:拉萨市达孜区扎西岗村的搬迁安置点早就建好了,可免费提供给符合搬迁条件的贫困家庭居住,可一位藏族老大爷死活也不

在山里老阿妈家

肯搬迁，让村里的书记跑断了腿，磨破了嘴，也伤透了脑筋，大费一番周折后才最终说动了他。在墨竹工卡县日多乡也存在类似情况，居民不愿搬走还有一个更重要原因，这里的海拔高虽然让人类生活不便，却培育出珍贵的高原特产——虫草。6月，也正是上山采虫草的季节，我们走村串户发现，不少人家空无一人，家中有人的，也大多是老弱村民，青壮劳力甚至孩子，都在山里挖虫草，这是山里人取之不尽、用之不竭的"软黄金"。

这就是拉萨的6月，阳光明媚的季节，也是会漫天飞雪的季节，无论阳光还是冰雪，都是高原儿女的伙伴。

办家门口的内地西藏班

　　很多人都听说过"内地西藏班"或"内地西藏中学",国家为了加快西藏教育事业发展,培养更多本土人才,从 1988 年起开始设立内地西藏班。也就是在内地的中学内,有几个班级都是来自西藏的学生,或者

江苏省南通西藏民族中学

拉萨江苏实验中学

江苏实验中学历史课堂

整个中学都是西藏的学生。在江苏，就有常州西藏民族中学、南通西藏民族中学两所学校，专门招录西藏学生。

相比西藏，内地的教育资源自然好了很多，然而西藏同学们的少年时代，有三年，甚至六年都不在父母身边，精神和心理以及家庭教育的缺失，不能不说也是一大缺憾。此外，尽管有21个省市31所中学都办有西藏班，但录取率仅约为10%，远远满足不了所有西藏学生对高质量教育的需求。因此，在西藏本地办高质量的学校，办"家门口的内地西藏班"也成了许多藏族群众的期盼。

我省对口支援西藏拉萨市，帮助培训师资，援建教室等等，长期以来对拉萨的教育事业给予各种的支持。2014年，省政府又一次性投资2.4亿元人民币，在拉萨教育城新建了拉萨江苏实验中学，目前学校有学生2500名左右。一排排现代化的教学楼，整齐地坐落在拉萨河畔，学生宿舍宽敞明亮，盥洗室、淋浴室干净整洁，风雨操场、塑胶跑道、篮球场上人头攒动，让人误以为是走进了内地的学校。而藏式风情浓郁的牦牛窗、白玛红、藏语书写的励志谚语，还有一张张带着高原红的笑脸，显示学校就在雪域高原，就在圣城拉萨。

办好教育，除了需要一流的硬件设施，更需要一大批懂业务，有爱心，肯付出的教师队伍。对口支援拉萨建设，我省除了派往各部委办局的干部，还有大批教师、医生。在拉萨江苏实验中学，长期驻留50多名来自江苏的援藏教师，他们将江苏先进的教育理念与西藏实际教育环境相结合，推动教育援藏工作的发展。援藏教师和西藏本地教师互相学习借鉴，将内地的教学理念和方法本地化，为学生提供更加高质量的教育教学。

为了让学生们拥有更优越的学习环境，拉萨江苏实验中学不遗余力，加强了在教育现代化方面的投入。学校通过设立录播教室实现了内地与西藏自治区教师上课的对接，促进了教师的专业成长。全校所有教室均安装有电子白板，通过逼真、生动的画面来创造丰富的教学情景，使抽象的内容形象化、清晰化，使知识由静态的灌输转变为图文声像并茂的动态传播。这些先进的教学手段，加上江苏援藏老师的示范引导，全体教职员工辛勤的付出，学生成绩进步迅速，学校教学成果十分喜人。

2017年，拉萨江苏实验中学初中部毕业生取得中考平均分拉萨全市第一名的优异成绩！满分700，学校600分以上48名，平均分505，创下了拉萨历年来的中考成绩最高纪录。

现在，拉萨又建起了北京实验中学、江苏实验幼儿园；在对口援建的县区，建起了墨竹工卡南京小学、林周苏州小学等等。曾经，一大批西藏学生为了接受好的教育而背井离乡，前往内地西藏班就读。如今，不少西藏学生不再从小远离父母，在家门口就能享受和内地西藏班一样的优质教学。"学校硬件一流，内地优秀教师也来到了拉萨，何必让孩子舍近求远呢？"家长们高兴地说。

纪念未曾谋面的"援友"

　　一起从内地前往西藏支边的,相互称为"援友",在我们第八批援友里,有复旦大学研究生院院长、著名植物学家、教育部长江学者特聘教授、西藏大学教授钟扬。而我进一步认识了解钟扬教授,是前不久网上正好热传关于他的视频短片《播种未来》,片中他说:

　　　"我坚信,一个基因可以为一个国家带来希望,一粒种子可以造福万千苍生。

　　　"这片神奇的土地需要的不仅是生物学家,还需要教育工作者。

　　　"海拔越高的地方,植物生长越艰难,但越艰难的地方,植物的生命力也就越顽强。我希望我的学生,就如同这生长在世界屋脊的植物一样,坚持梦想,无畏艰险,我相信终有一天,梦想之花会在他们脚下开放。"

　　　……

　　这是视频中,钟扬让我印象特别深刻的几句话。正如他自己所说,

这种生活在海拔四千米以上的植物很有用处

《播种未来》中的钟扬教授率学生野外考察

连续援藏十多年,他为雪域高原做了三件大事:建种子库、培养人才、为西藏大学创建一流学科。十余年来,钟扬忍受着高原反应和病痛,走遍了雪域高原,只为在西藏大学培养人才,研究西藏的独特生物。他和学生用整整三年的时间,将全世界仅存的、生长在西藏的 3 万多棵巨柏都登记在册;他和学生爬上 4000 多米海拔高峰,寻找到一种全球植物学界竞争方向之一的全新拟南芥生态型。他一直致力于生物多样性研究和保护,将青藏高原生态保护作为毕生事业,带学生在青藏高原采集了近千种植物的 4000 万粒种子,其中最为珍贵的是高海拔地区的濒危物种,为国家储存下绵延后世的丰富基因宝藏。

社会各界送别钟扬教授

"宁让生命透支,不让使命欠账",这样一句口号延续着历史,传承着精神,钟扬也在用实际行动践行着自己的理想。然而就在 2017 年 9 月 25 日,噩耗突然传来,钟扬教授在出差途中,不幸因车祸去世,生命定格在 53 岁。"风华五三秋崇德建业育人桃李天下播种未来;雪域十六载援藏支边报国胸怀西部常在路上",这是钟扬遗体告别仪式上的挽联。

　　不可否认,高原边疆的工作仍较为艰险,对身体、心理都有一定的挑战,意外发生率比内地要高许多。每次这样的意外发生,大家都忍不住悲上心头。而这种悲,是悲痛,更是一种悲壮。

　　赵炬,安徽省滁州市中西医结合医院口腔科主治医师,2016 年成为援藏医疗队的一员,但刚上高原不久就突发重症,国家卫生计生委调动国内一流专家参加抢救,但仍无力回天,赵炬进入脑死亡。在其去世后,遵照其生前遗嘱,他的肾脏被植入一位终末期肾病患者身上!

无名烈士之墓

2017年8月,进藏参与包虫病防治的江苏苏州黄轶花医师,因意外不幸在藏去世,没有留下一句遗言。组织上询问其家属有什么需求。家人答复:只想将她的遗体运回苏州,让老人看最后一眼。2018年11月,厦门大学公共卫生学院2017届援藏同学黄建杰,在日喀则上班路上遇车祸,抢救无效不幸去世,他还是一名95后……

"为有牺牲多壮志,敢教日月换新天。"这是拉萨烈士陵园大门上的对联,出自毛泽东同志的诗句。拉萨烈士陵园位于拉萨西郊,安葬有"领导干部的楷模"孔繁森,"爱民模范"洛桑丹增,"反骚乱勇士"袁石生……每一块墓碑上的碑文,都有一段这位烈士的生平简介,让人慨叹的是,他们中不少人离开的年龄——19岁、21岁、22岁、25岁……

陵园内,还有更多墓碑上只有四个字"烈士之墓"。管理员桑珠介绍,这样的无名烈士墓有402个,他们都是为西藏和平解放以及建设发展做出杰出贡献的人,但由于当时条件制约,他们的名字并未被记

西藏和平解放纪念碑

录。此外，还有更多没有留下名字，甚至连墓碑也没有的英雄，早年牺牲在昌都、阿里、那曲……仅在川藏、青藏公路的修筑过程中，就有3000多名干部、战士和工人英勇捐躯。青山处处埋忠骨，何必马革裹尸还，他们永远留在了深爱的雪域高原，留在了曾经战斗的地方。

在川藏公路经过的二郎山，在先遣连扎营的改则县，在前辈们奋力翻越的雪山上，在他们涉险而过的冰河里，高原到处都留下了可歌可泣的故事。在藏区行走，有时我们会不自觉地想到那些历史图片中的旧西藏，对比如今宁静安详的村庄、宽敞笔直的公路、繁华整洁的城市……而极尽华丽的文字描写，在英雄脚步后面也会显得无力，在时代演进面前也会变得苍白。

所谓的岁月静好，不过是有人替你负重前行，每每从这些碑前经过我都会想：无论是有名的、无名的烈士，还有那些同期援藏却从未谋面的牺牲同志，他们从自己的家乡来，永远地留在了雪域高原，他们是支援西藏建设的"援友"，更是献身边疆的英雄，虽然素不相识，但作为同道者，我将永远缅怀他们，永远铭记着他们的光辉事迹，并激励自己奋勇前行。

安静的索朗德吉

　　索朗德吉是尼木县吞巴乡妮琼家的女儿,正在上初中,因为种种机缘,她与我结下了不解的缘分,也让我体会了西藏孩子的顽强与努力。

　　西藏有区、市单位干部组成工作队轮流驻村的制度,以推动基层

尼木县中学

在南京敬老院看望老人

建设发展。拉萨电视台在吞巴乡根培村常年派驻有一个四人的工作队，我和台里其他员工也经常去村里，看望慰问那里的村民，妮琼便是我们常去看望的一家。不过西藏乡村的初中生，都在县城的中学寄宿，刚开始几次去探望都没有见到索朗。直到有次前往尼木县城出差，恰好路过尼木中学，我才第一次见到了索朗。

这是一个瘦瘦小小的小姑娘，正坐在学校草坪上写作业。突然老师带了陌生人找来，她不明就里，局促不安地搓着手。于是我拿出此前她在其家中与家人的合影，问：有认识的人吗？小姑娘用手指指了指妈妈，还是没说话，只是羞涩地笑了笑。

当时邻近寒假，恰好南京航空航天大学西藏研究生支教团寒假有个计划，要带一批拉萨的中学生到南京参观游学。于是我拜托领队老师嘎玛，由我出资，请她也带上索朗德吉一起走出高原，看看内地的城市乡村。我也坐火车陪她们一起前往南京，索朗背着一个粉红色小书包，里面装着全部行李。在宁期间，游学团队聆听了江苏新年音乐会，参观中山陵、夫子庙，慰问敬老院老人……或许是因为第一次出远门，途中索朗德吉都很少讲话，安静地跟在老师同学身后，一路的风景，一群新伙伴，对她来说都是全新的世界，她都安静地看着、听着。

寒假之后，我再次前往吞巴乡，特意挑选索朗放假在家的"大礼拜"，带她去看吞巴的乡村风景。想不到她住在尼木县的吞巴景区，却一直没有到景区的核心景点参观过。又带她去村委会，看新建的爱心书屋，这也是她第一次接触这么多课外书。这时的索朗与我熟悉了许多，也放松了一些，不过仍然很少讲话，只是安静地看着、听着。渐渐了解到，我竟然是她除学校老师外认识的第一位汉族人，她能听懂大部分汉语，但有时反应起来仍慢一些。她这么安静，是不是因为她平时很少有机会讲汉语，见到我们，自然也不太敢开口表达了呢？

尼木县距离拉萨虽然不远，但整体条件与市区相比仍然差很多。征得索朗家长同意，并与学校沟通后，初二开学索朗德吉就从尼木县中转到了拉萨江苏实验中学。这所中学由江苏援建，且一直有 50 多名江苏援藏教师在校任教，师资力量、教学质量、教学成果都在拉萨名列前茅。到拉萨上学后，我便更经常地见到索朗，每逢周末只要有空闲，我都会去看她，带她到书店、博物馆，或者参加一些公益活动。这时的索朗，仍然比较安静而腼腆。话虽然不多，但看得出她一直在努力吸收新的知识，走访参观，参与活动，她都很认真地去听去看，还不时进行记录。在功课上她更是特别地用心努力，每门课的课堂笔记，书上、本子上都记得满满当当。语文这门功课内容较多，书上记不下了，她就记在纸条上，然后再用胶水贴在书上。为提升汉语水平，她还开始每周写周记，起初一篇只能写两三百字，后来渐渐能写到七八百字甚至更多。

小索朗成绩在尼木县中学的班级里排前五，来江实中学后，成绩在班上一开始只能居于中游。转眼之间，初二的第一学期结束了，期末考试索朗的成绩较期中有了大幅提高，在新的班

拉萨江苏实验中学

索朗(左二)获得学习进步奖

级里也能位列前茅,到初二年级的期末考试,她还拿到了全校的"学习进步奖"。

　　索朗就像一株小小格桑花,不断地吸收着养分水分,安静而顽强的生长。而她也是众多西藏孩子的代表,只要有阳光雨露,就会茁壮长大,并迎来盛开的季节。

假日好时光

　　一大批援藏干部人才暂别家庭,只身来到西藏工作,时间少则三年,多则六年,甚至九年。常有人问,你们假日、晚上是不是很孤独?要说一点不孤独,那是假话,要说有多寂寞,倒也未必。

　　这个端午节,西藏自治区组织部的"援藏干部"之家,组织了一场"颂楚辞、爱祖国、守边疆"诗歌创作暨朗诵活动,不少援友报名参加,现场气氛十分热烈,且听:

　　　　一个人,如果在高原

　　　　开始种植花草,那么

　　　　他就已经归顺了这片土地

　　　　学会了安营扎寨

　　　　一种花,如果在高原

　　　　能够生根开花,那么

　　　　她就真正远离了风尘

　　　　开始了脱胎换骨的追随

　　　　……

"颂楚辞、爱祖国、守边疆"诗歌创作暨朗诵活动

重庆援藏干部们在昌都的公寓院内种植了蔷薇,春夏之交,次第花开,从早到晚。每天路过,领队黎勇感慨万千写下了上面的诗句。这样的感慨,也从一个侧面说明了许多援友在藏工作的状态。

前两天数了一下,突然发现在拉萨这一两年,听过的各种讲座竟然有好几十场,比在南京时甚至还要多一些。这两周就特别忙碌,在西藏大学的珠峰大讲堂,连续听了华南师范大学张得龙教授讲在高原的形象记忆应用;西藏大学的孜强·边巴旺堆教授讲藏族传统绘画的传承与创新;复旦大学新闻学院张甫涛教授讲媒体传播革命与新宣传,都是我十分想听的内容。

西藏大学的珠峰大讲堂只是拉萨众多定期不定期的讲座之一,每逢假日,类似的讲座、沙龙活动十分丰富,其中规模较大的讲座近期就有:西藏图书馆的"西图讲坛"上周是由文化部优秀专家,西藏民族艺术研究所副所长阿旺旦增老师主讲"非物质文化遗产西藏实践";拉萨高新区的"巅峰公开课",本周是第十期,邀请了中信资本高级董事总经理信跃升先生,新浪网创始人、点击科技董事长兼总裁王志东先生,新东方的俞敏洪先生等分享创业实战课程……

而各种规模小一些的讲座更不胜枚举,比如宇拓路的瓷颂空间茶社,前两周就借陶瓷艺术家李泉在西藏办展之机,请他为大家讲解瓷器,从基础知识直到最前沿的当代高温颜色釉艺术。又比如西藏江苏商会,上周邀请和君商学讲师开办企业税收风险专题讲座,为企业服务。我们江苏对口西藏拉萨市前方指挥部,也陆陆续续办了多次"高原讲堂",从高原健康到西藏文化,还有手机摄影、牦牛产业发展等等,内容相当之多。

张甫涛教授讲媒体传播革命与新宣传

瓷颂空间陶瓷艺术讲座

　　这些讲堂讲座,吸引了众多听众,反映出西藏社会经济快速发展时人们对知识的渴求,反映出西藏干部群众对"充电"的渴望。在西藏卫视,专门开办了一档栏目《珠峰讲堂》,把讲座搬上电视,邀请全国各地的专家主讲文化、经济等,获得了不错的反响。拉萨市委市政府也开办"每月一课"讲坛,要求各单位各部门主要领导同志抽出时间当学生,增加知识积累,以不断提升工作水平能力,适应拉萨市发展建设的需要。

如果在一些特定的大型活动时间，各类专题讲堂讲座就更多了。这两天，由中国人类学民族学研究会等单位联合主办的"首届中国西藏拉萨·阿里象雄文化国际学术研讨会"在拉萨开幕，三天时间里，参会专家带来 60 余场精彩的公众讲座，可以说是一场西藏古老文化的豪华盛宴。

拉萨市"每月一课"讲坛

如果愿意，这样的活动，讲座就填满了你的假日，更别说其他各种体验、公益活动等等。在这样的氛围里增长知识，陶冶情操，假日时光变的丰满而充实，甚至有些忙碌。

后 记

你为什么要去攀登？

因为山就在那里。

一提到山，人们容易想起记者与英国探险家马洛里的这段对话。从 2016 年开始援藏，也常常有人问我，你为何选择去雪山环绕的拉萨，感觉怎么样？

感觉怎么样？一句两句话实在难以说清，大概不同时期的感受也不太一样。仔细想来，来拉萨的这些年似乎经历了这样几个阶段：感知——感悟——感恩。刚刚进藏时，我对西藏知之甚少，如同一名小学生，努力去认识它，感知它，不断实地体验，轻轻触摸它，逐步有了一些初步的感触；过了一段时间，新鲜感已经褪去，蓝天与雪山再不会让我莫名兴奋惊叹，然而内心开始多了一些思考，有了穿透高原地表的深一层体悟，对雪域文化肌理相对深入的感悟；再到如今，在西藏拉萨的短短几年，已大大开阔了我的眼界，开放了我的心胸，开拓了我的能力，开动了我的大脑，在"世界屋脊"我攀上了自己生命里的一处制高点，这"世界第三极"也仿佛让我的三维空间升维到了多维世界，因此对这片神奇的土地，我只有绵绵不绝的感恩之心。

在藏语中,格桑是幸福,梅朵是花儿,格桑梅朵就是幸福的花、美好的花,眼中常见格桑梅朵,心中便会幸福花开。苏东坡与僧人佛印对话中"佛由心生,心中有佛,万物皆佛"的道理很多人都知道。身处拉萨,可从容地看格桑梅朵花开花落,观雪域高原云卷云舒。眼中多美丽之物,烘托了一颗向往幸福美好之心,就会看到自然的无尽馈赠、万物的蓬勃朝气,心中有感恩,看到的高原,便处处是它的宽广、它的博大、它的恩泽。以至我时常反问自己,明明拉萨就在那里,万千美好就在那里,为何不早一些前来?

援藏三年,让我有了一段难以忘怀的人生经历,一份不能割舍的特殊情感,一种更为宽广的心胸眼界,一个知恩感恩的谦卑心态,还有一群志趣相投的良师益友……我愿用文字,记录这些年的一些见闻,一点思考,一种探究,也愿让读者对西藏拉萨,对藏地风物、社会变迁、援藏工作等有一些认识,进而愿意深入一层去了解。

此时再来回答那句,你为何选择去拉萨?我深信,拉萨是我这一生非去不可的地方,如果说理由,似乎也只能模仿马洛里的答案了。

拉萨,明明就在那里!

2019年10月